-01-

不管走到哪里，
我最终还是要回到你身边的。

你眸光似星海

芙朗 / 著

贵州出版集团
贵州人民出版社

图书在版编目（CIP）数据

你眸光似星海 / 芙朗著. -- 贵阳：贵州人民出版社，2017.1（2020.3重印）

ISBN 978-7-221-13681-7

Ⅰ.①你… Ⅱ.①芙… Ⅲ.①长篇小说－中国－当代 Ⅳ.①I247.5

中国版本图书馆CIP数据核字(2016)第282303号

你眸光似星海

芙朗 著

出 版 人：	苏 桦
出版统筹：	陈继光
选题策划：	大鱼文化
责任编辑：	唐 博
流程编辑：	唐 博
特约编辑：	周丽萍
装帧设计：	刘 艳 米 籽
封面绘制：	林弄人
赠品摄影师：	于博川
赠品模特：	孙瑜儿
出版发行：	贵州人民出版社（贵阳市观山湖区会展东路SOHO办公区A座 邮编：550081）
印 刷：	三河市华东印刷有限公司
开 本：	32开（880mm×1230mm）
字 数：	220千字
印 张：	9.5
版 次：	2017年1月第1版
印 次：	2017年1月第1次印刷 2020年3月第2次印刷
书 号：	ISBN 978-7-221-13681-7
定 价：	48.00元

你眸光似星海

001	楔子	
003	第一章	寻找消失的爱人
035	第二章	失而复得的信仰
061	第三章	我陪你亡命天涯
087	第四章	这一生温柔入骨
111	第五章	遗失的鲸鲨之吻

你眸光 似星海

135	第六章	海洋深处的牵绊
163	第七章	我不愿知晓真相
195	第八章	若我沉眠于深海
225	第九章	未曾言说的往事
267	第十章	终不过爱恨嗔痴
289	尾声	

楔子

傍晚时分，残阳如血，将帕罗尔岛笼罩在猩红肃杀的氛围中。

几声枪响划破长空，成百上千只海鸟受惊飞起，呼啦啦冲向云端。

曲折的泥泞路上，一辆越野路虎堪堪避开四面袭来的枪弹，正在跌撞前行。

开车的是一名亚裔男子，一袭黑衣，神秘而内敛。

他薄唇紧抿，一言不发，谨慎地观察着周围的形势，一双眼睛如鹰般锐利。

像这样的逃亡，他们已经持续了将近半个月。

"从F国一路追杀到帕罗尔，看这架势，V是打定了主意要和我死磕到底。"佐藤洋子几欲崩溃，转头对黑衣男子说，"Echo，算我求你！别管我了，你自己逃吧……"

Echo 没有搭腔，双手握紧方向盘，猛地往左边一打，与此同时一脚踩紧了刹车。

　　越野轮胎与路面猛烈摩擦，发出刺耳的声响。

　　几次漂亮的回旋漂移，他们总算将后车甩开一段距离，暂时摆脱腹背受敌的困境。

　　直到这时，Echo 才淡淡开口："有本事，她就连我一起杀了。"

　　佐藤洋子叹了口气："你为什么非得蹚这浑水？"

　　"总不能见死不救。"

　　"你知道 V 为什么非要杀我吗？"不等他回答，洋子又自顾自地说下去，"那女魔头根本容不下任何爱你的女人，而我……爱上了你。"

　　告白来得有些意外，但也算是情理之中。

　　Echo 沉默片刻，回答说："那就更没必要搭上性命了。"

　　"什么意思？"洋子不解。

　　"意思就是，我不会爱上你。"

　　"那么，你对 V 呢？"

　　"也一样。"淡漠到极致的声线，足以拒绝任何形式的温柔。

　　这个男人永远都是这样。

　　他对谁都狠得下心，狠得让人怀疑他根本就没有心。

第一章 寻找消失的爱人

1

四月下旬,位于南半球的帕罗尔岛即将步入漫长的冬季。

这座岛屿邻近赤道,一年到头都有艳阳相伴,就连冬季也不例外。

下午三点半,正是室外气温最高的时候。韦清和楚凌顶着烈日出海,搭乘当地渔民的私人渔船,往罗塔海沟的方向徐徐驶去。

再过一个星期,世界自由潜水竞赛就要在帕罗尔开赛。

她们飞越大半个地球,从遥远的岚城来到这座小岛,自然是为了参赛拿名次。因而,每日的船潜训练必不可少,任谁也不敢有半点儿松懈。

渔船随波摇晃,明艳艳的阳光下,海水泛起粼粼波光,晃得人睁不开眼。

韦清慵懒地靠坐在围栏旁边，半眯着双眼，有些出神地遥望着海天相接处。

"看什么呢？"楚凌边涂防晒霜边问。

"没什么。"韦清淡淡地应着，显然不愿多说。

和楚凌搭档潜水已经整整八年了，可有些深藏心底的秘密，韦清从没对她提起过。

比如说，每一次乘船出海，她都会不期然地想念一个人。他曾出现在她的生命里，照亮那令人绝望的彻夜寒空。

他是她的信仰，也是她的初恋。

可惜，却已消失多年。

半个小时后，渔船抵达目的地。

韦清已经提前换好了水母衣，并将潜水面镜的角度调整妥当。她朝楚凌比了一个"OK"的手势，便率先鱼跃入水。楚凌将深度测量绳系在腰间，也紧随其后入水。

两人互相交换"下潜"手势，然后深吸一口气，闷头潜入深海之中。

她们一前一后，娴熟地划水、踩水，克服海洋浮力匀速下潜。在抵达210英尺深度时，彼此交换视线，默契地返身上浮。

没有漩涡，也没有暗流，上浮的过程顺利一如往常。

韦清打头阵，眼看就要抵达海平面，就在这时，她突然发现情况不妙——她们来时搭乘的渔船已经不在原来的位置！取而代之的，是一艘更为庞大的游轮。

韦清转头看向楚凌，无声地问：怎么办？

楚凌冷静地用手势回答：先绕过游轮，上浮到水面换气，然后再顺着绳索寻找渔船。

韦清点点头，依楚凌所言，朝着右上方绕行前进。

阳光和空气均已近在眼前。保守估计，她们离水面应该只剩下最后10厘米的距离。胜利在即，韦清那颗悬在半空的小心脏总算是暂时落回了肚子里。

可谁又能想到，正当此刻，两道身影忽然闪现在游轮边缘，纵身一跃，齐齐坠入水中。他们一男一女，都穿着水肺潜水装备，下降速度极快，不像潜水，倒像是在逃命。

韦清离水面太近，根本来不及调整方向。眼睁睁地看着两道黑影"从天而降"，还没等反应过来，她已经"砰"的一下和那个男人撞到了一起！

细嫩的额头被他身后的气瓶阀门磕得生疼，韦清不悦地皱起了眉头。

韦清下意识地摆动身姿，绕到罪魁祸首的正面，对其怒目而视！然而，看清他容颜的一瞬间，韦清却突然怔住了，并且结结实实地呛了一大口海水……

虽然隔着潜水面镜和蒙蒙雾气，可她还是一眼就能认出他——苏远声，绝对不会有错。

是梦吗？那个消失了整整八年的男人，竟这样猝不及防地出现在这深远的海洋里，与她四目相对，与她近在咫尺……

男人的视线从她脸上一扫而过，目光如海洋一样深邃悠远，不含半点情绪。他没作停留,只是略一侧身,轻轻擦过她的肩膀,继续往下潜去。

没有交流,没有不舍,只有疏离和淡漠,仿佛他从没见过她一样。

在过去的八年里,韦清曾经幻想过千千万万种与他重逢的方式。可她却从没想过,竟会是现在这样的陌生冷绝。

纵使相逢应不识,这是令人始料未及的悲哀。

心绪翻涌时,一阵强烈的眩晕感突然袭来。

韦清才意识到,自己已经在水下闭气将近三分钟。她必须尽快浮出水面换气,否则,大脑很快就会陷入低氧昏迷状态。

就在她决定上浮的同时,刺耳的枪声突然从水面上传来!

韦清抬头望去,只见几名黑衣人端着枪,紧挨着游轮的栏杆站成了一排。子弹如同催命的雨林,接连不断地射入水中。

她几乎没有片刻犹豫,立即改变了主意——那个男人身处险境,她放心不下,更不可能扔下他一个人!

楚凌觉察到韦清的异样,立即想阻拦她再次下潜,不让她去做傻事。

可惜,还是太迟了。

韦清已经坚决地掉转方向,追随苏远声的身影,迅速往水下而去……

危险?她懂;后果?她也都知道。

然而,这世上就只有这么一个人,比她自己的性命还重要。一旦他出现了,她就可以连命都不要了。

楚凌一边浮出水面调整呼吸，一边仔细回想方才的情况。

韦清当时已经处于缺氧状态，按照正常的推断，她第二次下潜应该超不过20英尺，就会陷入轻度昏迷。

一想到这个，楚凌咬咬牙，又闭气潜入水中。不论如何，她都得把那个不要命的潜伴给捞上来。可是不知为何，她在水里四处张望，却连半个人影都没看到……

楚凌思量片刻，还是决定先返回渔船，等和教练商量之后再做决定。

渔船已经被冲到了游轮的对面。楚凌在巨大的游轮底下，一点一点收紧深度测量绳，顺着绳索摸了半天，终于回到渔船旁边。

此时，枪声已经逐渐停息，游轮缓缓开动，朝着西北方向驶去。

楚凌刚从水里探出半个脑袋，就猝不及防地撞上了教练的视线。

付刚几乎是气急败坏地把她往渔船上面拖，边拖边骂："我可真是倒了八辈子的血霉，才摊上你们这两个混账东西，左一个右一个都不给我省心……"

楚凌半截身子还在水里，就耐不住心里的焦急，抓着付刚问："清儿呢？"

"福大命大，还没死。"付刚咬牙切齿地说。

楚凌回到船上，顺着付刚的视线望过去，看到韦清仍穿着湿漉漉的水母衣，一动不动地躺在船板上。韦清的脸色十分苍白，胸腔微弱地起伏着，看起来虚弱得不成样子。

但好歹，这条命总算是捡回来了。

掌舵的渔民虽然不懂潜水，可是看到韦清这副模样，也知道是出了事。回程的路上，黑人老伯一刻也没敢耽搁，几乎是用最快的速度把船开回到岸边。

当地几个渔民见了这情形，都热心地凑过来帮忙，七手八脚地把韦清抬到面包车上，送她去当地最好的医院。

急诊室门口的红灯亮起，过了半个多小时，医生才从诊室走出来。

楚凌立刻围上去，焦急地问："医生，她怎么样了？"

"严重缺氧对大脑造成了一定程度的损伤，会出现短期的昏迷现象。另外，肺部撕裂严重，有百分之七十的几率感染急性肺炎。"医生停顿片刻，又继续叮嘱道，"最近需要静养观察一段时间，千万不能再有任何的剧烈运动。"

楚凌还要追问什么，却被一旁的付刚拦住。

"好的，我们记下了，谢谢您。"付刚礼貌地送走医生，这才回头看向楚凌，冷声说道，"给我如实讲讲，当时在水下到底是什么情况？"

出了这么大的事，楚凌不敢有所隐瞒，只得将韦清的异常表现一五一十地讲给教练听。

付刚脸色铁青地听完了整个经过，恨恨地甩给楚凌一句："这次的潜水事故报告由你来写，至于韦清，等她醒了我再找她算总账！"

话音落下，付刚拂袖而去，只留楚凌在医院里陪护韦清。

昏迷的感觉十分微妙，意识仿佛拥有了独立的生命，可以悬停在半空中，静静地望着病床上的自己。

　　韦清知道自己做了一个很长很长的梦。梦里，时光都被定格在多年以前。

　　从有记忆那天起，她就一直生活在岚城孤儿院里，从没见过自己的父母。

　　她患有严重的自闭症，总是一个人孤零零地坐在孤儿院的秋千上，不和任何人讲话。院里的孩子们都不怎么搭理她，久而久之，就连老师也将她当成透明人。

　　小女孩儿每天都觉得孤单，以至于隔三岔五就想上吊自杀。

　　可是，只要一想到自己就算死了也没谁会伤心，她就又觉得无趣。脑子里胡乱地琢磨一通，最后的结果，总是连上吊的绳子都懒得去找，就这么莫名其妙地一天天长大。

　　她虽然话不多，可是心思却比别人都重。

　　她想过未来，却从来没有幻想过精彩的未来；她想过什么是"爱"，却从来没有幻想过自己也可以被爱。

　　直到有一天，她遇见他。

2

　　初遇那天，岚城最有名的地产商来孤儿院做慈善。

　　很多孩子都围在那个富商叔叔周围，争先恐后地索要见面礼物。可她却对那个经常出现在电视上的大老板没什么兴趣，反倒一直盯着他的小儿子看个没完。

少年有温柔的眉眼,明眸皓齿,笑起来的时候,左边脸颊上还有个小小的酒窝。

韦清从来没见过那么好看的男孩子,仿若人间最美好的四月天。

那个下午,苏远声甚至没跟她说过一句话,可她却清楚地记住了他的模样,也记得在他的身后,满树槐花开得正好,整个世界明媚得一塌糊涂。

韦清比别的孩子早熟,她很早就知道灰姑娘的故事只存在于童话里。那次见面之后,她把他深藏在心里,只当是信仰,却从未奢望自己和那样高贵的男孩子会有什么交集。

第二次见面是在冬天,圣诞节前夕。

彼时,霜雪已经落满了枝头。他穿着质地精良的羽绒服,依旧是气质出众的模样。

也不知为什么,院子里那么多人,可他偏偏只注意到她。苏远声朝她走来,眉眼弯弯地对着她笑,目光里莫名多了几分亲近。

"我叫苏远声,上次没来得及问,你叫什么名字?"

韦清其实很想回答,可是太久以来的自闭令她不敢开口。

于是,旁边开始有人不住地起哄——

"她叫'尾青'!"

"尾巴的尾,青色的青!"

"就是尾巴磕在石头上,青啦!"

"哈哈哈……"

苏远声却不理会那些嘲笑,一双笑眼仍然凝视着她,专注又温柔。

"如果不愿意说,能不能写给我看?"他小心翼翼地开口,像是怕惊扰了面前这个怯生生的女孩。

韦清咬了咬唇,轻轻点头,拢着棉袄蹲下来,用指尖在雪地上一笔一画地写下"韦清"两个字。

"韦生富春秋,洞彻有清识。"苏远声念着她听不懂的诗句,也在她旁边蹲下来。昂贵的羽绒服蹭到地面,他也毫不介意,只是转头对她微笑,夸她有个很好听的名字。

他就像一束迟来的阳光,猝不及防地撞进了她阴翳黯然的心底,从此再也没有离开过……

韦清从昏迷中清醒过来,已经是夜里十一点多。

为了不打扰病人休息,住院病房里只留了一盏昏黄的壁灯。天花板被光线渲染成柔和的色调,带着丝丝入扣的暖意。相较之下,空气中刺鼻的消毒水味道便显得有些格格不入。

楚凌趴在床沿边睡着了,看样子也是累坏了。

韦清不忍吵醒她,便忍着身体的不适,继续闭眼浅眠。

其实她很清楚,自己现在身子虚弱,应当多加休息。可是,那些与苏远声有关的往事就像是洪水猛兽般将她团团围住,扰得她心烦意乱,竟是怎么也无法入睡。

她只好放任自流,任由思念泛滥成灾。

记得在她十二岁生日那天，孤儿院的蝉鸣变得格外聒噪。

炎炎盛夏，苏远声捧着一盆刚发芽的水仙幼苗，笑意盈盈地出现在韦清面前。

他问她："你听过关于水仙花的神话吗？"

韦清摇头，他便耐着性子，将纳西索斯的故事讲给她听，末了，还不忘升华主题："水仙的花语是'自恋'，清儿，我把它送给你，是希望你能学会爱自己。"

她收下礼物，在纸上写：谢谢你的水仙花，只是可惜，我也许会让你失望。

"不会失望。"他抬手揉揉她的头发，笑容温暖而安宁。

"其实我知道，你是会讲话的。"这是他第一次鼓起勇气，和她谈论这个令人避讳的话题，"等有一天，你终于相信自己会被人喜欢，那时候你就会开口讲话了，对吗？"

韦清不搭腔，他就继续说下去："清儿，我愿意等到那一天。答应我，你会很努力的。"

她定定地望着他，像是中了什么温柔的蛊，竟开始为之前的沉默感到懊恼。

也就是从这一刻开始，自闭多年的韦清终于有了一股韧劲和冲动。她想要从自我封闭的树洞里钻出来，勇敢地看一看这个世界。

其实苏远声说得一点都没错，她不仅不会让他失望，反而还给了他一个巨大的惊喜。

在他无声的鼓励下，她很努力、很努力地，从喉咙里艰难地挤出来两个字："我会。"

苏远声怔怔地望着她清瘦的脸庞，眼神里分明闪过不可思议的情绪。

"你、你刚才……是不是跟我讲话了？"他似乎不敢相信自己的耳朵，喃喃自语道，"是我幻听了吗？没有吧，我应该没听错吧……"

韦清被他诚惶诚恐的模样逗笑，心下使坏，故意在纸上写：是你听错了。

苏远声看着她的笔迹，低低地叹了口气："我就知道是这样。"

可她随即又写：逗你的，是我说的。

"真的？这次没骗我？"

韦清抬头看着他，眉眼弯弯地点了点头。

"那你把刚才的两个字再说一次？"

"我会。"她不仅满足了他的要求，而且还费了九牛二虎之力，又额外附赠了两个字，"努力。"

这回，苏远声总算是相信了。

他朝前走了一步，侧过脑袋"吧唧"一声，在韦清的脸颊上亲了一口。

"清儿，你的声音真好听，软软的，像小猫一样。"

韦清永远都记得，他说这句话的时候，一双眸子晶亮亮的，仿佛蕴藏着人世间最美丽的星光。

没有人能否认，他们曾经深深相爱过。

在整个漫长的青春时期，苏远声一直不离不弃地陪伴在她身边。

他与她并肩看过很多风景，带她吃遍岚城大街小巷的美食，亦作为她的精神支柱，鼓励她去接受一次又一次痛苦的心理治疗。

几年过去，韦清终于可以像正常的女孩子一样，与他说笑谈天。

十七八岁的花季少女，终究还是耐不住情愫萌动，在某个平凡无奇的下午，将埋藏心中多年的心事和盘托出。

"远声，你为什么对我好？"

"因为在我认识的那么多女孩子里，你是最努力的一个。"

"可我是有目的的。"

"我知道。"

"是为了你。"她垂着头，像是主动认错的小孩。

苏远声却笑起来，伸出修长双臂，将她拥进怀里。

他说："我知道，所以更觉得珍贵。"

韦清将脸颊埋在他的胸膛，声音低低地问："远声，你同情我吗？"

他沉默片刻，如实回答说："曾经同情过。"

"那现在呢？"

"风水轮流转，现在轮到你来同情我了。"

韦清不明白他的意思，茫然反问："同情你什么呢？"

苏远声稍稍拉开彼此之间的距离，凝眸望着她说："同情我喜欢上一个姑娘，喜欢得差点弄丢了我自己。"

她笑他讲话"太肉麻"，可心里却忍不住回味他说过的每一个字，甜得像要开出一簇花……

在后来的很多年里,韦清总是在午夜梦回的时候,想起他们共同经历的点点滴滴。只可惜,回忆越是温暖,孤身一人的清冷就越是令人痛彻心扉。

时隔八年,韦清依然不明白,当初的苏远声究竟为什么不告而别。

他难道不明白吗?

这世上最残酷的事情并不是心如死水,而是曾经有那么一个人出现在她暗淡的生命里,像天使一样爱她、护她,给她力量,让她浴火重生。可是后来,他却突然消失得无影无踪,只留给她空无边际的绝望和无助。

他曾那样真诚地爱过她,怎么忍心这样对她?

回忆止于这里,陈年旧事忽而变得混乱而遥远,仿佛理不清头绪。

睡意袭来,韦清耐不住疲倦,终于沉沉入睡。

一夜无梦,直到次日清晨。

韦清一睁开惺忪睡眼,就看到教练负手立在病床旁边,正居高临下地瞧着她。

她赶紧闭眼装睡,可惜,已经晚了。

"长出息了,嗯?"付刚语气不善地训斥,"闯完祸不晓得收拾烂摊子，还学会装睡了？"

韦清闭着眼睛，对他的话充耳不闻。

付刚也没什么耐心跟她废话，于是直接宣布决定："你先在这儿休养几天，我这边尽快安排让你回国。"

她依然假装听不到，没有任何回应。

"我知道你不想走，但是韦清，你不能总这么任性。对于一个潜水员来说，没有什么比身体更要紧。不管怎样，我都不可能由着你胡来。"

付刚难得这么语重心长，以至于韦清不好意思再继续装聋作哑，只得睁开眼睛，目光澄澈地望向他。

"我不走。"三个字，简短有力，字字清晰。

"现在不是任性的时候！"付刚冷着脸，连声反问，"你不知道自己在咯血吗？不知道肺部撕裂是多严重的事吗？！"

韦清不回答，仍旧重复刚才那三个字："我不走。"

"你必须听我安排！"付刚已经不再用商量的语气跟她讲话，"退出比赛，回国修养。"

"退出比赛可以，但是……"她直直地和他对视，声音很轻，却很坚定，"我就留在帕罗尔岛，哪儿也不去。"

在这件事情上，她固执得就像一头牛。

付刚头疼地摇摇头，没再多说一个字，直接甩手离开了病房。临走时，他回头给楚凌使了个眼色，让她留下来好好劝一劝韦清。

可是，还没等楚凌开口说话，韦清就扔过来一句："省省吧，谁也劝不动我。"

楚凌叹了口气，幽幽地说："我知道，我本来也没想劝你。"

隔了一会儿，她忍不住又叹了口气，对韦清说："咱们姐妹这么多年，我看到你现在这样，心里真是着急。前几天，红树林那边刚发生过枪战，我听教练说，好像也和昨天那两个人有关……"

韦清不置可否，只是静静地看着楚凌，俨然在等她继续往下说。

"清儿，你能不能跟我说句实话，他到底是你什么人啊？"

"信仰。"

"非找到他不可？"

"是。"

"……"楚凌张了张嘴巴，却一个字都说不出来了。她本来憋了一肚子的话，可是现在，全被韦清这两个简单粗暴的答案给噎回去了。

她不多问，韦清也不多说。两个人就这么大眼瞪小眼地沉默了好一阵子，直到护士来给韦清换吊瓶。

病房里空间并不充裕，楚凌识趣地去走廊等着，不给护士添乱。

隔着门上的玻璃，她能看到韦清乖顺地躺在病床上，任由护士往她手背上扎针，只偶尔皱一下眉头。

有那么一瞬间，楚凌心软了。她想违背付刚的意思，把实情告诉韦清。

等到护士忙完，楚凌再回到屋里，对韦清说的第一句话就是："如果你听教练的话，乖乖回国休养，我就告诉你一件事。"顿了顿，又补充道,"和那个人有关的事。"

韦清立刻来了精神:"什么事?"

"你先答应我。"

"……好,我答应。"反正,过会儿再反悔也来得及。

楚凌又沉默了一下,然后才说:"你一直惦记的那个人,还活着。"

韦清一眨不眨地盯着她:"确定吗?"

楚凌点了点头,答道:"确定。教练说,当时你在水下陷入昏迷……"她犹豫了片刻,还是继续把话说完,"是他把你送回船上的。"

自己在水下陷入昏迷,这个韦清知道。

可她不知道,后来,竟然是他把自己送回船上的。

韦清什么都没说,只是缓缓别过头去,望着窗外发呆。

窗外椰树茂盛,艳阳正好。暖融融的阳光落在病房里,也落在她清秀的脸庞上。可是,她却像只冻僵的小兽,双唇轻轻颤抖,拳头攥得紧紧的,指甲几乎要嵌到掌心里。

她止不住回忆起深海重逢时的细节,一遍又一遍。

在子弹纷飞的海洋里,她义无反顾地返身下潜,只为追寻他的身影。

因为闭气太久,她已经是强弩之末,意识几近涣散,眩晕频频出现,所以韦清很难判断脑海里存留的画面究竟是亲眼所见,还是一场幻觉。

可是此刻,她听到楚凌所说的话,就什么都明白了。

那些影像并不是幻觉。她所记得的一切，都是真实的。

决定下潜时，韦清转身往深水处望去，恰恰撞上了苏远声的视线。隔了十几英尺的距离，她看不清他的脸，可是却能感觉到——他记得她，也惦记着她。

紧接着，她开始不顾一切地开始下潜。任谁都想不到，苏远声竟然放弃原本的计划，抛弃一同逃命的潜伴，当即转身上来迎她。

之后，她在他坚实的怀抱里陷入昏迷。

意识抽离前的最后一秒，她读懂了他的目光。那双令她痴迷了这么多年的眼睛里，写满了欲说还休的担忧和怜惜。

再后来，她失去意识，是他将她从鬼门关里带回来的。

游轮上有那么多人红着双眼、举着枪支，只恨不能一枪崩了他。可他为了她，就这么贸然返回水面。

他受伤了吗？

水肺潜水需要在水下做安全停留，否则水压的快速变化会要了人的命。可他为了她，就这么快速上浮。

他不要紧吗？

虽然楚凌说他还活着，可韦清就是止不住地担心。

太多未知的可能，只是想一想，她都觉得承受不了。

一颗心仿佛被千思百感填满，酸楚、疼痛，却又莫名柔软……

楚凌见她半晌无言，忍不住开口问道："清儿，你接下来怎么打算？"

翻涌不息的思绪被这一声询问打断。

韦清抿了抿嘴唇，轻声回答说："再给我五天时间，如果找不到他，我就回岚城。"

3

五天时间转眼过去，韦清遍寻无果，已经放弃了挣扎。

回国的时间就定在明天。晚饭刚过，她便回到自己的屋子，自觉地将行李收拾妥当，只等着明天一早出发。

楚凌放心不下，特意跑过来叮嘱她。那份好心诚然不假，只可惜说来说去，也不外乎就是那么几句话——

"一路小心。"

"好好养病。"

"我和教练都担心你。"

"到了岚城就打电话报平安。"

"最重要的是，有些人该放下就放下吧……"

韦清不置可否，只是安安静静地听着。过了好一阵子，楚凌唱够独角戏，终于无话可说。直到这时，韦清才起身给了她一个友善的拥抱，然后大大方方地开门送客。

夜幕渐落，窗外繁星满空。

帕罗尔岛的天空，有种恒久而高远的美。

韦清仰面躺在床上，扭头望着外面的景色，也不知怎的，脑海里忽然就冒出这样一个念头：原来就是这里。

原来，她就是在这片天空下和他重逢，然后又再次失去他的。

非洲虽然处于冬季，但因为离赤道很近，所以白昼依然十分漫长。

凌晨六点钟，天光已经大亮。楚凌还在睡懒觉，付刚在厨房里准备早餐，而韦清拖着行李箱已经准备出发。

付刚听到动静，从厨房探出来半个身子。

"这么早就走？"

"嗯，八点半的飞机。"她一边回答，一边朝门口走着。

"不用跟楚凌说一声？"

"你帮我带句话给她就好了。"

"说吧，什么话。"

"好好训练，好好比赛，不用惦记我。"韦清在门口驻足，沉默片刻，又低低地补了一句，"还有，不要怪我。"

"……她怪你什么？"

"你说了她会明白的。"

韦清没再解释什么，只是跟付刚道了别，便离开了公寓。

半个小时后，韦清只身抵达机场，随着人群往里面走去。

帕罗尔岛面积很大，人口也不少，可是却只有这么一个机场，而且规模还十分迷你。

等待安检的队伍排了很长，韦清站在队伍的末尾，半天都没挪动一步。

她有些无聊，掏出手机想看看最近有什么潜水新闻。可是，她没给手机开通当地的数据漫游，机场 WIFI 也连接不上，最后只得放弃。

一时也想不出别的消遣，韦清索性坐在了行李箱上，只靠东张西望来打发时间。

谁也不曾想到，就在这时，一道熟悉的身影忽然闯入她的视线——那个站在总服务台前、刚换完两张登机牌的高大男人，不是苏远声是谁！

他怎么会出现在这里？

如此明目张胆地"逃"到机场，他难道不要命了吗……

韦清腾地站起来，只觉得心跳如鼓，呼吸都滞住了。她也顾不得什么安检不安检了，拖着行李就往苏远声那边走去。

然而，还没等她走到近旁，另外一个女人已经抢先一步，出现在苏远声的身侧。

"让我来保管护照和登机牌。"

那女人讲的是英文，带着明显的日本口音。

韦清远远地停住脚步，盯着佐藤洋子的身影，下意识地皱起了眉头。

哪里冒出来的日本女人？她是他什么人，竟然陪着他一起逃命，还给他保管护照？

一连串的问号落在心底，犹如百发百中的子弹，打翻了一连串的醋瓶子。

那边，苏远声察觉到韦清的视线，却故意没有看她。他只将目光落在自动取票机上，仿若无事。

佐藤洋子顺着他的视线瞧了一眼，不解地问："你在看什么，Echo？"

"没什么，走吧。"

话音落下，苏远声率先迈开步子，往安检口走去。佐藤洋子愣了一下，也匆匆跟上他的步伐。

只有韦清还傻站在原地，一动没动。

Echo，回声。那是苏远声十七岁那年，韦清送给他的英文名字。

往事猝不及防地涌上心头，瞬间便将人攫住……

"远声你看，书里说，三毛的英文名叫'Echo'，就是'回声'的意思哎。"

"你说流浪的三毛？"他是故意的。

"什么啊，我说的是写书的那个三毛，就是荷西的老婆。"

"荷西又是谁？"他绝对是故意的。

"昨天才跟你说过的，那个挺有名的潜水员！后来死在海里……"

他打断她："人都死了还有什么好说的？"

韦清被他气得跳脚："哎，你……"

他又一次打断她，只不过，这次是用一个吻。那是他们的初吻，甜蜜、柔软，发生在苏远声十七岁生日那天。

初吻过后，韦清软软地靠在他的胸口，小声说："远声，我喜欢'Echo'这个名字，把它送给你当生日礼物，好不好？"

他淡淡地点头，下巴轻轻蹭过她柔软的头发："好，但是你得答应我一件事。"

"寿星最大，你说吧。"

"不准去潜水。"很严肃的语气，似乎没有半分商量的余地。

她抬眼看他，反问："为什么不准啊？"

"危险。"

"不危险！"

"那荷西怎么死了？"

"……可是，我会很小心的。"

"那也不行。"他微微低头，凝视她的眼睛，郑重其事地说，"清儿，你记着我一句话——有爱人在的时候，谁也不应该选择冒险。"

那时候她忽然明白，他接受"Echo"这个名字，却不接受三毛的命运。他不愿失去爱人。这份珍惜，就是他给她的爱情。

那是贯穿她整个青春岁月的，最美好的东西。

只是一晃眼的工夫，就过去了这么多年。如今，苏远声的英文名还是 Echo，可她却没听他的话，几乎跑遍了世界各地的潜水点……

韦清叹了口气，从回忆中缓过神来，这才发现苏远声已经走出好一段距离。

她跟在后面一溜小跑,眼看着就要追上他,却突然被一个不速之客阻拦了去路。

"小姐,请出示您的登机牌。"原来是机场工作人员。

虽然心里急着追人,但她还是老老实实地交出了登机牌。为了节省时间,她自觉把护照也一起递给了面前的制服小哥。

可是,结果却不尽如人意。

"很抱歉,您购买的机票是经济舱的,请走那边的普通安检通道,排队等候安全检查。"

"……"韦清无言以对,扭头瞧了一眼制服小哥旁边竖着的牌子,才看到上面写了"VIP 专用"的字样。

她讪讪地拿回自己的护照和登机牌,又回到了普通人的队伍里。

视线里早已看不见苏远声的身影,韦清抿着嘴唇,在心里默默地想——帕罗尔这个破地方,肯定和她八字不合。她以后再也不来了。

等了将近四十分钟,终于轮到韦清过安检。她本来就有些心烦,此时再被工作人员从上到下那么一摸,更是烦躁不堪。

过完安检,韦清快步往 36A 登机口走去。然而和预想中一样,那里并没有她要找的人。

如果不回岚城,那么,苏远声会去哪里?难不成,他还要跟那女人一起去日本吗?一想到这种可能,韦清忍不住揉了揉头发,只觉得心情糟糕到了极点。

深陷爱河的女人，眼里果然容不得一粒沙子。

她现在才知道吃醋是什么滋味，也终于明白，原来偶像剧里上演的霸道和占有，都不是矫情。

她多希望苏远声还像以前一样，属于自己，并且只属于自己。只可惜，现在连"属于"都成了遥不可及的愿望，就更别奢求什么"只属于"。

无奈地叹息一声，然后将那些不靠谱的想法都从脑子里赶走，再勇敢地寻找下一次可能的机会。这就是韦清此刻唯一能做的。

离登机还剩大概半个小时的时间。

韦清瞧见登机口附近有几家免税店，便过去逛了逛。她穿梭在琳琅满目的商品之间，然而目光却越过一排排货架，四处张望着。

心里总是惦记着苏远声，她逛得心不在焉，自然空手而归。

出乎韦清意料的是，当她再回到登机口，竟然一眼就望见了苏远声，以及站在他身旁的、碍眼的日本女人。

这一次，终于没有人会阻拦她了。

她没有半分犹豫，径直朝他们走过去，最后在苏远声面前停住了脚步。

两个人之间的距离不足半米，韦清心中酸楚，几欲落下泪来。

她站在他面前，忽而生出一种错觉——似乎自己已经走了大半辈子，走过了千山万水的遥远路途，才终于来到他的面前。

又或者，这并不是错觉，而是事实。

她很想问问他，八年前为什么突然消失，这些年都去了哪里，过着怎样的日子，怎么不来找她，是否还记得她……

千言万语梗在心头，最后只化作一声轻不可闻的叹息，以及长久的凝视。

韦清虽然自始至终一个字都没说，可是，那些藏在眼底的绵绵深情，就足以说明了一切。

佐藤洋子不认识韦清，但也从那样的眼神里瞧出了端倪。

也不知是刻意还是偶然，佐藤洋子恰在这时往苏远声身边挪了半步，亲昵地揽住了他的臂弯。他没有拂开她的手，算是默默接受了这样的亲昵。

韦清心里猛地一紧，薄薄的嘴唇几乎抿成了一条直线。

这算什么？示威，秀恩爱，还是故意让她知难而退？不论是什么，但都一样令人窝火。

然而，这还不是全部。

紧接着，佐藤洋子微微扬起脸庞，温柔地望着苏远声的侧脸，娇滴滴地说了几句日语。苏远声闻言，唇边泛起一丝柔软的笑意。

他低头对上洋子的视线，也用日语回应了一句。

郎才女貌，打情骂俏。这场景若是落在旁人眼里，一定很令人艳羡。可是，他们却骗不了韦清，因为……她听得懂日语。

"我记得你之前说过——你这辈子可以为很多人而死，却只甘心为一个人而活。难道……就是她？"佐藤洋子是这样问的。

而苏远声给了一个最好的答案："是她，并且只能是她。"

韦清听到他的回答，瞬时觉得有一簇烟花在心底绽放，绚丽又斑斓。

天知道她需要多努力，才能压制住心中突然爆发开来的狂喜，才能在公共场合保持冷静，不要像个疯子似的直接扑到他身上。

打翻的醋瓶子又被他给扶起来了。

她懒得再理会那个日本女人，只是痴痴地望着苏远声的脸庞，轻声说："那就回到我身边来，好吗？"

这句话，韦清也是用日语说的。

佐藤洋子没想到会这样，一时愣住了，不过还是挽着苏远声的胳膊没有松开。

苏远声静静地打量着面前的韦清，眸色深深，看不出一丝情绪。静默良久，他到底还是什么都没说，只是拂开了佐藤洋子的手。

韦清将他的动作看在眼里，再也抑制不住内心的冲动，上前一步紧紧抱住了他。

这一次，她说的是中文。

"远声，我找了你这么多年，好不容易才找到的。你回到我身边，以后就别再走了，行吗……"简简单单一句话，说出口，竟然带了哭腔。

一份感情究竟要在心口刻下多深刻的印记，才能将一个人变得这样卑微呢？韦清不知道，苏远声也不知道。可他们都一样，在卑微的世界里骄傲地爱着。

明知饮鸩止渴，却又甘之如饴。

韦清的声音，韦清的气息，连同韦清整个人，就这么一起撞进了苏远声的心口，仿佛越过了几千个漫长日夜。

有那么一瞬间，他甚至屏住了呼吸，以为又是一场美梦。

时隔八年，这是他第一次被她拥抱，也是第一次听到她叫自己的名字，远声。

他浑身肌肉都绷得很紧，仿佛只要稍微松懈一点，就会忍不住将她狠狠揉进怀里。可他不能这样做，至少现在还不可以。

韦清闷闷地埋头在他胸口，心里头有些发蒙。

他既不回应，也不拒绝，那到底是什么意思呢？她猜不出答案，只觉得两个人之间的气氛忽而就变了，变得僵持，同时又很微妙。

就在这时，登机口传来了广播的声音。

"各位旅客请注意，由迪拜转机、终到岚城的 AZ737 次航班即将起飞。请您带好随身行李，到 36A 登机口准备登机，感谢您的配合。"

播音员的声音还未落下，苏远声已经推开了韦清，转过身去，大步流星地往 VIP 登机通道走去。

韦清懊恼地望着他挺拔的背影，只恨不能把播音员揪出来打一顿……

苏远声和佐藤洋子坐在头等舱，而韦清的位置在后面的经济舱。两个舱室之间隔着厚厚的法兰绒布帘，隔绝了四处张望的视线。韦清往中间过道探出半个身子，抻着脖子，往头等舱那边望去。可是不论她如何调整角度，还是连他的后脑勺都看不到。

她想走到前面去找他，可是此时，飞机已经加速离开航道，正往高空攀升。座位正上方，阅读灯旁边的大喇叭里传来机长的讲话声。

"各位乘客，飞机在上升过程中遇到气流，会有一定程度的颠簸。请您务必回到自己的座位上，系好安全带，切勿四处走动。"

她也没别的办法，只能规规矩矩地坐在原处，等待飞机飞行平稳之后再想办法。

抓心挠肝地等了将近二十分钟，机舱里的安全带指示灯终于熄灭。乘客可以在机舱里走动，空姐也推着小车来到过道上，微笑着为两边乘客斟茶倒水，提供甜点。

韦清立刻解开安全带，往前面的头等舱走去。

脚步被迫停在了两个舱的交界处，因为已经有人先她一步，掀起了面前那个碍眼的法兰绒布帘。

"小姐，麻烦您出示一下登机牌。"耽误事的总是机组工作人员。

"出示了也没什么用，"韦清扭头瞧一眼身后的经济舱，对空姐说，"我的座位在那边。"

空姐笑得倒是挺温柔，可说出来的话却不怎么讨喜："实在抱歉，为了保证头等舱乘客的正常休息，我们是不允许非VIP乘客在头等舱随意走动的。"

过去溜达溜达也不行？还真是邪门了。

韦清心里暗暗不爽，不过为了避免麻烦，还是没有抱怨什么。

"那我申请升舱好了,该办什么手续?"凡是钱能解决的问题,都不算什么大问题。

可是……空姐赔着笑脸,再一次拒绝了她。

"很抱歉,按照航空公司的有关规定,升舱手续需要在飞机起飞前一个小时办理完毕。请恕我们无法在飞机飞行途中为您办理……"

韦清皱起了眉头,语气里明显带着不耐烦:"那您倒是说说,我到底要怎么做,才能去帘子那边溜达溜达?"

"这……"空姐也不知道。

"这是什么世道,有钱竟然还没处花了?"韦清嗤笑一下,又说,"要不然,叫你们机长过来,我直接跟他聊聊?"

"就算机长来了,我们也不可能违反航空公司的规定,擅自为您升舱。真的十分抱歉,还望您能理解。"

空姐一直保持着礼貌的微笑,这让韦清憋了一肚子的火,愣是没处撒。

中国有句古话——伸手不打笑脸人。人家态度和蔼可亲,并且又是按照制度办事,她总不能蛮不讲理,伸手就挠人一脸土豆丝吧?

如此一来,谈话的结果自然就只有四个字——僵持不下。

空姐挡着韦清的路,不让她往头等舱那边走;韦清以牙还牙,也杵在过道中间挡着空姐的路,就是不让她去为人民服务。

过了大概五分钟,空姐终于耐不住了,率先说道:"这位小姐,您还是回到座位上吧……"

韦清眯着眼睛笑了笑，很干脆地甩给她一个单词："No！"
就在这时，传说中"无法逾越"的帘子被人掀了起来。紧接着，苏远声从头等舱走出来，一边往机舱后面走，一边意有所指地看了韦清一眼。

韦清刚才和空姐较劲的时候还很有底气。可是这会儿，被苏远声这么不经意地一瞟，她忽然就犯怂了。

空姐的视线在她和苏远声之间来回瞟了两眼，立刻就什么都明白了。原来闹了半天，是有人春心萌动啊……

韦清自觉尴尬，讪讪地朝她笑了笑，小声说了一句"Sorry"，然后赶紧溜之大吉。

机舱的最后面有一小块空地，可供乘客活动腿脚，扎堆闲聊。

苏远声倚靠在舷窗旁边，等着韦清自己送上门来。

机舱两侧的舷窗挡板都没有拉上，三万英尺高空的强烈紫外线穿过钢化玻璃，直直落在他的侧脸上。他本来就是很英俊的男人，在这样的光线下，五官轮廓看起来越发深邃迷人。

韦清走到他身边停下脚步，在飞机的轰鸣声里，满怀期待地问："远声，你是过来找我的吗？"

苏远声挑了挑眉，不答反问："不然就由着你一直杵在那儿妨碍公务？"

"……我想过去找你，可是她不让。"她的声音低下来，有点委屈。

可他不为所动,只说:"换了是我,我也不让你过去。"

韦清垂着眼帘,半晌没有说话。

她也知道胡搅蛮缠不是好姑娘所为,可是说千道万,她不过是想和他说说话,仅此而已。这又有什么错呢?

两人相对沉默了有一会儿,韦清又抬头望向他,小声问道:"你这次回到岚城,就再不走了,对吗?"

他没回答,只说:"韦清,我过来是有几句话想跟你说。"

"什么话?"她轻轻咬着嘴唇,忽然就紧张起来。

"你以后都别再跟着我,也不要再找我。"他静静凝视她,目光深邃而疏离,"我早就不是你认识的苏远声,而岚城,我也回不去了。"

话音落下,他多一秒都没停留,直接迈开步子往头等舱的方向走去。

你眸光似星海

第二章 失而复得的信仰

1

韦清愣在原地,止不住浑身颤抖,像是被人兜头兜脑地泼了一盆冷水,心寒如冰。

等她终于回过神来,才发现他已经走出去好长一段距离,眼看着就要回到头等舱了。

再也顾不得什么理智与冷静,她拔腿就去追他。

有乘客站在过道中央,被她一把拨开;空姐和小推车挡住去路,她侧着身子挤过去。短短十几米的距离,竟然跑得跌跌撞撞、匆匆忙忙。

好在,她还是赶在最后一刻追上他,并且不管不顾地捉住了他的手臂。

"能不能给我一个理由?"韦清的声音微微颤抖,带着疾跑过后的气喘吁吁。

他脚步顿住,却没有回头。

他的背影高大挺拔,看起来就和从前一样,坚实又温暖。可是,他的回答却没有一丝温度,几乎要将她冻伤。

他只说了两个字:"不能。"

韦清依旧抓着他的衣袖不肯松手,嘴唇动了动,似乎还想再说些什么。

可就在这时,身穿机长制服的外国男人忽然出现在她面前,语气严肃地说:"这位小姐,请您立刻放开 Mr Cheung,否则我们将通知机组保安,对您采取强制措施。"

韦清闻言不由得愣住,然后,一根一根地松开了手指。

他回到头等舱,而她被阻拦在外,一头雾水。

所以现在到底是什么情况……

好好的苏远声,怎么就成了别人口中的"张先生"呢?这到底是化名还是改名?又或者,他根本就是用的假护照?

韦清怔怔地站在那里,忍不住回想起重逢以来发生过的种种——

红树林,枪战。

潜水员,逃亡。

航空公司的 VIP 乘客,回不去的岚城。

Mr Cheung。

他到底是谁?韦清心里很清楚,他就是苏远声,因为他并不曾否认这个事实。可是，在外人面前，他又是以什么身份活着？她却怎么都想不到答案。

时隔八年，她最熟悉的男人，竟然变成她最猜不透的谜。多悲哀。

一路上再无交集。

十三小时之后，飞机稳稳地降落在岚城机场。

韦清排队走出舱门，早已看不到他的身影。只不过这一次，她放弃了四处张望，也放弃了寻找。

等待和寻找一样，都是很奇怪的东西。

她花了八年的时间，寻找消失的爱人，等待久别后的重逢，始终不知疲倦。可也说不清为什么，就在这一刻，她忽然就明白了什么叫"心力交瘁"。

走路很累，拖着行李很累，打车时给司机指路很累，甚至，连呼吸都觉得累。

租住的公寓离机场并不算很远，即便赶上堵车，也超不过半个小时的车程。今天刚好赶上寻常工作日，又错开了早晚高峰，因此路上并无太多车辆。

短短二十分钟，出租车已经停在公寓楼下。

韦清从钱包里掏出一张崭新的毛爷爷，递到司机师傅手里。等待找零的工夫，她有意无意地望向窗外。

独栋公寓门前立着几棵高大的洋槐树，也不知是不是错觉，她忽然看见一道人影，从树干之间的缝隙一闪而过。

是错觉吗？那个男人的侧影，为什么看上去特别像是苏远声啊……

韦清忽然想到一种可能，心下陡然一沉。可是，当她定睛再次望过去的时候，却又不见了他的踪影。

她一把拉开车门就下了车，别说找零不要了，就连后备厢里的行李箱，都是好心的司机师傅帮她拿出来的……

所有的疲倦在看到他的瞬间一扫而光，韦清就像打了鸡血似的，大步流星地朝着那几棵洋槐跑过去。

"远声！是你吗？"

等了半晌，没有人回应。

韦清不死心，仍在周围继续寻找，一边找一边喊他的名字："远声！苏远声……"

就在她几乎绝望的时候，眼角余光突然瞥见了一个模糊的黑影！还没等她看个究竟，那道人影已经迅速来到她身边，用力把她往怀里带，不由分说地将她拖到其中一棵树的后面。

"啊——"韦清不知道究竟发生了什么，下意识地惊呼一声，拼了命地挣扎。

然后，她听到了他的声音："别怕，是我。"于是，所有挣扎都在瞬间停止，所有叫喊也都在瞬间自动静音。

她现在什么都不怕了。因为，紧紧将她搂在怀里的男人，是他。

苏远声。

韦清被他护在怀里，侧着脸颊贴在他的胸口。

她能听到他的心跳，一声一声，沉稳而有力。

苏远声微微低头，嘴唇贴在韦清的耳朵上，刻意压低声音问道："从这里走到门口，开门进屋，你估计最快要几秒？"

她虽然不解其意，但还是乖乖回答说："大概……两分钟？"

"这次只给你十五秒，走！"

话音落下，还没等韦清做出反应，他就已经拎着她往公寓大门跑去。

将近十米的距离，说远不远，说近却也不近。好在苏远声人高马大，前后加起来就只用了三五步。

他将她护在自己和门板之间，警惕地朝四周望了望，低声催促："快点。"

韦清手忙脚乱地翻出钥匙，急急忙忙去开门。然而，越紧张就越容易掉链子，她接连试了两次，都没能找准钥匙孔。

苏远声不发一言，迅速从她手里拿过钥匙，干脆利落地打开房门，携着她进了屋。

2

外面暗藏着凶险，而公寓里面却又是另一番温馨景象。

一扇门，将他们与外界隔绝开来，两人这才稍稍松了一口气。

韦清有些脱力地倚靠在门上，身子还在发抖，声音也是："怎么回事？"

"一句两句说不清,总之你要记住,"他垂眸,一眨不眨地盯着她,语气拘谨而严肃,"外面不安全,这几天都待在家里,不要出门。"

"你的意思是,有人在暗中盯着我们?"

"不是'我们',而是我和佐藤洋子。"他纠正她,"但还是有可能牵连到你。"

韦清闻言,不由得拧起了眉头。

她不喜欢这样的纠正,仿佛刻意切断了自己和他之间的关联。如果非得有一个女人跟着他一起逃命,她希望那个人是自己,而不是什么佐藤洋子。

短暂的沉默过后,韦清仰头对上他的视线,问道:"远声,你能不能告诉我,你到底惹上什么人了?"

"你没必要知道这些,三天之内我会把一切处理好。"苏远声不给她机会继续追问,伸手去拧门把手,作势就要离开,"你好好照顾自己,我走了。"

这才刚回来,又要走了?!

韦清脑子一蒙,不管不顾地上前抱住他,双臂紧紧搂住他的腰,死活就是不松手。

"走?"她鼻尖一酸,差点儿哭出来,"你还想走去哪儿……"

他的脊背挺得笔直,双手攥着拳,沉声说:"放开。"

"我要是再让你离开我一次,我韦清的名字就倒着写!"她将他抱得更紧，倔强又坚定地撂下狠话，"苏远声，你要是敢扔下我自己走，我就去大门口蹲着，等你仇人来把我抓走弄死！不信你就试试。"

苏远声转过身来抵住门板，面对着她，一字一顿地说："韦清，不要胡闹！"

"你不走，我就不胡闹。"

"……"苏远声咬牙切齿地盯着她看了一会儿，到底还是败下阵来。

外面有多危险，他最清楚不过。他可以不顾自己的死活，可是，却不敢拿她的命去赌。他狠不下心走出这扇门，因为他根本就输不起。

四目相对，满室寂静。

有那么一瞬间，苏远声的视线里闪过几分无奈，还有几分迫不得已的纵容。这样的目光落在韦清眼里，自然就成了一种无言的鼓励。

韦清什么都没说，只是更紧地抱了他一下，然后松开了手臂。

她确信，他是不会擅自离开的。

"你随便坐吧，沙发或者什么地方都行。"韦清递了一双男式拖鞋给他，然后转身往浴室走去，"洗澡水估计要二十分钟才能烧好，等会儿我叫你。"

"嗯。"苏远声低低地应了一声，然后自顾自地换好拖鞋，在客厅沙发上坐下来。

他的目光落在面前的茶几上，看到烟灰缸里有三两个燃尽的烟头。

"韦清，你抽烟吗？"

"不抽。"她心不在焉地应着，脑子里想的却是，这电热水器就是没有太阳能的好，烧个水还得等半天。

她不抽烟，可是客厅里却放着烟灰缸，而且从玻璃底上的烟灰厚度来看，这烟灰缸绝对不是偶尔用一次两次的摆设。

他又低头看了一眼脚上的男士拖鞋，更坚定了心里的推测。

没有别的解释能说得通，除了，有别的男人经常过来。

苏远声不说话了，心里像是梗了一根刺似的，扎得难受。

韦清调好了热水器从浴室走出来，就看到苏远声垂眸坐在沙发上，面色沉得像要拧出水来。

"怎么了？"她走过去，在他身边坐下来。

他淡淡开口："没怎么。"就是突然觉得有点讽刺，想不通自己是以什么立场留在这里的。

韦清顺着他的视线瞧了一眼，似是明白了什么。可她却不想解释。

八年时间，很多东西都会被改变，然而唯独她对他的感情，自始至终都不曾动摇。有些爱，一旦刻进了骨子里，就没办法再剔除了。

如果苏远声连这一点都怀疑，那么，她跟他也就真没什么可说的了。

"远声，你应该比谁都清楚。"韦清抿了抿嘴唇，声音轻轻地说，

"我对你的感情，这么多年从没变过，将来也……"

他拧着眉头打断她的话，语气里多了几分冷硬："你不需要跟我说这些。"顿了片刻，又低低地补了一句，"韦清，我并不是你的谁。"

她忽然就沉默下来，半晌都没再说一个字。

寂静在有限的空间里蔓延，到了最后，还是她沉不住气，率先开口说："可你还是留下来了。"

可他只轻描淡写地说："换了是谁，我都不能眼睁睁看着她为我去死。"谎话说得像真的一样，他有这个本事。

然而，这样不负责任的解释，还不足以令韦清信服。

她始终记得在罗塔海沟，他是如何冒死将她送回渔船的。也记得在帕罗尔机场，他亲口承认，他可以为很多人去死，却只甘心为了她一人而活。

这些记忆真实而深刻，绝非一两句谎话就可以轻易抹去的。

韦清不想和他争论什么，于是默默地站起身来，去厨房冰箱里找了两罐可乐，拿回来递到他面前。

苏远声接过来，顺手放到茶几上，并没有打开。

他一点都不觉得口渴，因为脑海里的思绪还停留在上一阶段。

刚才，他的视线一直不由自主地追随着她的身影，一路跟到厨房，又跟着回到客厅。他这才意识到，韦清比以前清瘦了很多，连容貌也变得和记忆里不一样了。

可是，她走路的姿态却还是和以前一模一样，背脊挺得笔直。

她总是装出这么一副倔强骄傲的样子，跟谁都不肯服软。可苏远声知道，这姑娘心里比谁都柔软。

这样的韦清，应该有人好好保护才对。

即便不是他，也该有别人。

那一瞬间，他忽然就很懊恼，懊恼自己刚才对她说那样的话。

他转头望向韦清，正巧撞上她的视线。

像是为了逃避什么似的，韦清立刻移开了目光。她伸手拿过茶几上的可乐罐子，"啪"的一声打开，直接塞到他手里。

她故意绕开刚才的话题，跟他闲话家常："刚回来，还没来得及烧开水，你先凑合着喝点这个。"

"我不渴。"

"嘴唇都干了。"话音落下，她忽然意识到哪里不对。

"……"苏远声闻言也是一愣，然后下意识地就舔了一下嘴唇。

没错，她刚才虽然故意扭头不看他，可眼角的余光却一直盯着他的嘴唇看个没完。

气氛忽然变得有点尴尬，韦清赶忙撤回视线，一本正经地说："我去看看洗澡水烧好了没。"然后就落荒而逃，生怕面红耳赤被他看到。

苏远声扭头望了一眼她的背影，然后回过头，若有所思地喝了一大口罐装汽水。

可乐入口，冰爽微甜的感觉沁人心脾。他忽然觉得，截止到刚才还很糟糕的心情，似乎突然好了那么一点。

隔了大概五分钟，韦清看着热水器显示的温度差不多，这才走出浴室。

"水烧好了，可以洗澡了。"她从背后喊他。

八年未见，刚重逢没两天就在人姑娘家里洗澡，这……合适吗？

苏远声心里有点儿犯嘀咕，脑子里分分钟闪过无数念头，有的在安慰他"这没什么"，也有的说"这样不好"。

片刻之后，他得出了结论。

就算是块猪肉，刚从菜市场买回来也得先洗涮干净了，然后才能放到冰箱里冻着。那么，他既然不得不"寄人篱下"，还是把自己洗涮干净比较合适。

这么一想，他也就不再矫情，应了一声"好"，然后利索地起身往浴室走去。

"拖鞋给你放到门口了，就是深蓝色这双。洗发水和沐浴液都在花洒旁边的架子上，伸手就能够到。"韦清站在一旁，指手画脚地说个不停，"换下来的衣服就丢到脏衣篮里，或者直接扔洗衣机里也行，我等会儿一起洗。浴巾在……"

"不用浴巾，这样就行了。"他打断她的喋喋不休，不自知地抿唇笑了一下，"你一直盯着我看什么？"

还能看什么？这不明知故问吗。

刚才试水温的时候,韦清拧开花洒放了一小会儿热水。此时,浴室笼了一层朦胧的水雾,将他棱角分明的脸庞渲染成温柔的模样。

不管过了多少年,她再看到苏远声这张英俊的脸,还是打心底里觉得喜欢。怎么看都看不够,真是一点办法都没有。

苏远声等了片刻,见她不仅没有要出去的意思,而且还一直忽闪着眼睛看着他,不由得轻笑出声。

"你站这儿不走,是等着看我脱衣服呢?"

"啊?"韦清这才恍然回过神来。她下意识地吞了一下口水,干巴巴地说,"不是,我这就走……"

话音还没落,人已经急急忙忙地跑了,并且还顺手带上了浴室门。

磨砂材质的玻璃门,挡得住清晰的画面,却挡不住朦胧的意象。

韦清心慌意乱,根本不敢在浴室旁边晃悠,直接回到自己卧室,恼羞地关上了房门。

她把脸蒙在被子里,忍不住在心里嘲笑自己——刚才没皮没脸地求他留下,还像个殷勤小丫鬟似的,跑前跑后地给人烧洗澡水。怎么,现在才知道难为情了?

这回可好,苏远声在浴室洗澡,而她只能躲在被子里,当一辈子的红脸鸵鸟了。

流水的声音不断从浴室传来,扰得人心慌意乱。

韦清好不容易强迫自己不要想东想西,勉强收回思绪,开始琢磨眼下的正事儿。

这间公寓看起来与外界隔绝，似乎很安全。她与他温馨独处，脸红心跳，似乎孕育着旧情复苏的火焰。可实际上，却完全不是这么回事。

韦清心里再清楚不过，这些都和海市蜃楼一样，是假象。

她在脑海里过电影一样，把刚才发生的事情从头到尾串了一遍。紧接着，一骨碌从床上爬了起来，似是突然想起了什么重要的事。

她像做贼似的，猫着腰，蹑手蹑脚走到窗边，扒在窗台边上往外面望了望。

公寓附近并没瞧见什么可疑人影，也没有人拿枪。视线所及之处，只有几个零零星星的路人，光明正大地走在人行道上。

即便如此，韦清心里仍然有所防备。她站直身子，干脆利索地拉上窗帘，这才莫名觉得松了一口气。

她并不确定，是否真的像苏远声所说，有人盯上了这里。

这里毕竟是岚城。这座城市一直以"治安极好"而著称，和帕罗尔那样的野地方可不一样。所以韦清总觉得，是苏远声太过草木皆兵，而真实处境并没有想象中那么糟糕。

韦清挨着床沿坐下来，心里想着，等他洗完澡出来一定要问个究竟。假如真的有人在附近盯梢，那么她必须得先搞清楚对方是什么来路，然后才知道如何提防。

眼下正是生死逃亡的紧要关头，他既然和她是一条绳上的蚂蚱，那么，他在她公寓洗个澡、留个宿，也就算不上什么了不起的大事了。

这么一想，韦清心里就坦荡了许多。

她大大方方地走出卧室，坐在客厅沙发上等他洗完澡。

水声停下来的一瞬间，韦清下意识地回头，朝着浴室那边望过去。

隔着水汽朦胧的玻璃门，她自然看不到门那边的无限风光，不过，却能将他的身形看出个大概。宽肩窄腰，高挑挺拔。一个男人身材好成这样，也是不得了啊……

可紧接着，韦清又觉得哪里不对。

他的背后，离肩胛骨很近的位置，为什么会有一小块暗色？

难道是……伤口？！

一想到这种可能，韦清顿时就坐不住了。她蓦地站起身来，三步并作两步朝浴室走去。

苏远声正在穿衣服，身影落在磨砂玻璃上，影影绰绰的。

韦清一直盯着他的一举一动，看到他将之前脱下来的黑色T恤又重新穿在身上。从动作来看，似乎并没有什么异常。

可能是她看错了？又或者，是前阵子紧张惯了，所以担心过度？

正当她犹豫不定的时候，浴室门从里面被拉开。

苏远声冷不丁地看到韦清堵在门口，不由得愣了一下，意味不明地问："你一直在这儿？"

她摇摇头，睁着眼睛编瞎话："没有，我刚才在卧室打盹，这会儿才出来。"

苏远声不置可否，只是垂眸打量她。过了一会儿，他才又说："你就打算一直站在这儿，不让我出去了吗？"

韦清抿了抿嘴唇，侧过身子，给他让出来一条路。

她看着他从身旁路过，闻到男人沐浴后的清爽气息，禁不住有些迷醉。紧实的手臂轻轻擦过她的肩膀，于是，她的身子不经意地歪了一下，连带着心跳都跟着乱了节奏。

苏远声刚在浴室里被水汽蒸得久了，一出来就觉得有些口渴。

他回到沙发坐下来，拿起茶几上剩下的半听可乐，咕咚咕咚一口气喝完。然后才回过头去，对上韦清的视线。

她一步一步走到近旁，也不知为什么，故意压下心里那一连串的问号，只轻描淡写地问了他一句："你看电视吗？"

苏远声心里清楚，韦清这是有话要说。可是，他并没有主动提起什么，只是顺着她的话茬简单答道："看不看都行。"

她在他身旁坐下来，有一会儿没说话，就这么安静地打量他。

男人刚洗过澡，一头短发湿漉漉的，发梢挂着晶莹的水珠。她看到几滴水珠划过他的额角和耳朵，顺着脖颈的曲线蜿蜒下来，最后落在黑色T恤上，留下一点暧昧不明的水渍。

韦清莫名觉得口干舌燥，忽然就有点坐立不安。

她忍不住自嘲地想——女人啊，真是矛盾又矫情的动物。

明明在心里盼望了千万次，想就这么跟他坐在一起，不争不吵，不追也不逃。可是，当这一刻真的来临时，她又打心底里觉得煎熬，只想着怎么找个借口逃离他的视线。

她从旁边的匣子里翻出电视遥控器,对他说道:"给你这个,你想看什么就自己找。"

苏远声低头,看了一眼她递来的遥控器,并没有伸手去接。

他抬眸看她,淡声问:"你呢?"

"我……我去洗澡。"韦清叹了口气,随手把遥控器扔到沙发上,站起来就往别处走。

苏远声沉默了片刻,等她快走到浴室门口时,才回头说了一声:"热水刚才都被我用完了,你估计还得等会儿才能洗。"

韦清顿住身形,低低地应了一声:"……哦。"还真是不给人留活路啊,是想逼她尴尬而死吗?

又隔了几秒钟,她听到苏远声在后面叫她的名字。

"韦清,你过来坐,我跟你说几句话。"

她假装没听见,杵在原地没动,心里琢磨着要不要拿块抹布过来,装模作样地擦擦地砖什么的。

不过很可惜,装聋作哑这招,在苏远声面前根本就没用。

他直接从沙发上站起来,三两步走到韦清身边,将她纤细的手腕握在掌心里,二话不说拖着她就往客厅走……

"你别拽我啊,我自己会走!"

"等你自觉,天都黑了。"说话的工夫,脚步已经停在沙发旁边。

他放开韦清的手腕,和她并肩坐了下来。

"我跟你说正经的,你仔细记下来。"他眼底没了玩笑的意思,只余下严肃。

韦清心里还别扭着刚才的事儿，语气不善地说："你说吧，我听着呢。"

"我名下有一栋别墅，建在岚城西郊的山上，位置还算隐蔽。"他顿了顿，而后用命令的语气继续说，"你过会儿去把必须要带的东西都收拾出来，明天一早我就带你过去。"

韦清闻言，冷眼看向他，淡声问道："然后呢？"

"然后你就不用太担心了，那边怎么也比这里安全很多。"

"再然后呢？"韦清的语气比刚才更冷，眼底的寒光似乎要把人冻成冰碴子。

苏远声被她问蒙了，不解地反问："什么再然后？"

"'我'就安全了，那'你'呢？"她刻意重读这两个字，分明在质问什么。

他不是不懂她的意思，可是，也只能实话实说："洋子跟我走散了，她一个人很危险，我……必须得去找她。"

"苏远声，你……"韦清咬着嘴唇紧紧地盯住他，良久，轻颤着说了两个字，"浑、蛋！"

话音落下，她起身就走。

他下意识地抓住她的手腕，似是想解释什么。可惜，韦清现在一个字也不想听。她用力挣开他的手，头也不回地往浴室走去。

热水没烧好也没有关系，她正好可以洗个爽快的冷水澡，好让这颗发烫的心彻底凉下来。

四十分钟后,韦清洗完澡从浴室出来,看到苏远声倚在沙发上睡着了。原本憋了一肚子的怨气想冲他撒泼,可是此刻,当她看到他安静的倦容,就又忍不住心软了。

韦清搭个边儿坐在沙发上,垂眸望着他的脸,心里一个劲儿地数落自己——韦清啊韦清,你可真是一点出息都没有!

都怪爱情,把人变成没出息的低等生物。

她不清楚过去这几年他到底经历过什么,也不清楚如今的他究竟变成怎样一个人。可她却始终相信,不论如何,苏远声还是苏远声。

至少,他闭眼浅眠的样子还跟以前一模一样。

呼吸均匀绵长,胸膛随着呼吸微微起伏,令人觉得安心。

韦清安静地看了他一阵子,忍不住就想摸摸他的脸。

而实际上,她也确实那样做了。

指尖落在美好柔软的唇上,轻缓地抚摸着,一下又一下。一颗心像是被温水氤湿了似的,软得仿佛要融化开来。

可她没想到,就在这时,苏远声却睁开眼睛,直直地望进了她的心底。

一瞬间,心事被人窥探,秘密一览无余。

"恼羞成怒"四个字,说的就是她此刻的感受。

"你醒了正好。"韦清一边说着,一边下意识地坐直了身子,拉开彼此之间的距离。冷淡的语气里,多少还带着点儿决然的味道,"我刚才冷静考虑过你的提议,答案是——我绝对不会住你的别墅,哪怕是死。"

他睡眼惺忪地望着她,声线低哑:"清儿,你听话……"没有人知道,这简简单单的五个字,里面藏了多少欲说还休的温柔。

韦清闻言,心头蓦地一紧,几乎要败下阵来。

可紧接着,她又想起他一次次的拒绝。不论是出于善意还是无心为之,总之,他每次狠心推开的那个人,都是她。

凭什么呢?凭什么,她就活该受着……

她越想越觉得委屈,再开口时,就有点儿破罐子破摔的意思,恨不能连他带自己一起都给报复了才好。

"你该去找谁就去找,我不拦你。我该住哪里就继续住,你也别管我。"她冷冷地俯视着苏远声,故意用他的原话回敬他,"就像你之前说的——苏远声,你并不是我的谁。所以,最好你现在就走,从此以后我们两不相干!"

你不是我的谁。从今往后,你我两不相干。

这样的字眼落在耳朵里,绝对是个不小的刺激。

苏远声心里一个激灵,顿时睡意全无。这种感觉就类似于,他正坐在盛夏树荫下乘凉,却突然被人兜头兜脑地泼了一盆冰雪,寒彻心扉。

他蓦地坐直身体,黑色的眸子里染上一层愠怒,就这么一言不发地凝视着她。

韦清也不甘示弱,抬起头和他四目相对,即便红了眼眶也不肯认输。

有些话一旦冲动说出口,只可能有两种下场——要么冰释前嫌,要么,两败俱伤。很显然,他们目前还处于两败俱伤的状况。

时间一分一秒过去,累积在心头的委屈也在一点一滴地堆积。直到某一个瞬间,涓滴意念汇成洪流,终于冲垮了心底的防线。

鼻尖酸涩,眼眶里水光盈盈。

韦清不愿在苏远声面前落泪,于是猛地从沙发上站起身来,转身就要走。可是,她却在那一瞬间被他握住了手腕,然后一把拽回来,紧紧地扣在了怀里。

一滴眼泪到底还是没能收住,就这么不争气地从眼角滑落,沿着肌肤的纹路,一直落到她的唇边,也落进他的心底。

韦清把脸埋在他的胸膛,听着他的心跳声,止不住地啜泣。她感觉到他温柔的手掌,一下又一下地抚摸她的头发,满是疼爱。

久违的熟悉感,如同催化剂一般,令她心中的酸楚又翻了几倍。积攒了八年的心酸,在这一刻轰然爆发。她越哭越厉害,仿佛一辈子都停不下来。

两个人良久无言,只有她的眼泪接连不断地涌出,一点一点,氤湿了他胸口的衣襟。

苏远声一直将她揽在怀里,由着她哭个没完。有好几次,他都想亲吻她眼角的泪痕,可最后还是作罢。

直到这时,他才后知后觉地意识到,原来自己这些年一点长进都没有。

徒有一身本领,躲得过枪弹雨林,上不怕天,下不怕地,到头来竟还是很怕她哭。只要一看到她的眼泪,他就觉得心口像被泼了硫酸似的，灼得生疼。

往事浮上心头，他恍然想起，韦清这些年哭了不少次，但无一例外都是为了他。

苏远声自觉没有资格亲吻她的眼泪，只好将她抱得更紧。

柔软的双唇轻轻贴在她的耳畔，他强忍着心中苦涩，低哑地呢喃："清儿，是我浑蛋，让你受委屈了……"

韦清怔了一下，而后抬起头，泪眼蒙地望向他。

这个男人是她的软肋，亦是她的盔甲。只要有他这么一句安慰，再多委屈似乎都不算什么了。

也不知过了多久，她渐渐止住哭泣。

抬手抹掉眼泪，韦清声音低低地说："苏远声，你就是挺浑蛋的。"

他无言以对，而她又继续说："你总想着给我'最好的'，可你却从来都不问问，我真正想要的是什么。"

苏远声低头凝望她的眉眼，很认真地问："那你现在告诉我，你想要的是什么？"

"以前你是个阔少爷，我就想跟着你，当个阔少奶奶。"

"可我现在不是什么阔少爷了，甚至……连个好人都算不上。"

"那我也想跟着你。"她很严肃，语气里不带半点玩笑，"你去哪儿，我就去哪儿。你活着我绝不先死，你死了我也绝不苟活。"

字字句句，像从天而落的陨石，重重地砸在他的心坎上。

苏远声猛然将她抱紧，埋头在她颈项之间，苦涩而嘶哑地说："我不值得你这样。韦清，你应该有更好的生活……"

"我从来就不想要什么更好的生活，我只要你。"她的声音很轻，却是前所未有的坚定。

那一瞬间，苏远声忽然就意识到——

原来，真的是他错了。

过去这些年，他一直躲着她，生怕自己连累到她。

他错把韦清当成温室里的金丝雀，却不知，这个看起来弱不禁风的女人，竟是这世间最骄傲、也最勇敢的海鸥。

她从不畏惧风雨，敢于逐浪而上，近乎执拗地寻找着她想要的天空。而她的海阔天空，其实就在他的身旁……

感动在胸腔里堆砌成山。爱与疼惜如同暖春苏醒的兽，终是冲破了理智的牢笼。他再也无力抵抗心中的悸动，倾身将她压在沙发上，近乎粗暴地吻上了她的双唇。

久违的甜美，久违的柔软。这样的韦清，他不知在梦里临摹过多少次。

唇舌温软，抵死缠绵。

韦清受不住这样的痴缠，下意识地轻吟了一声。

婉转入骨的声音，一丝不漏地落入苏远声的耳中，成了致命的毒药。他仿佛感受到血液在身体里沸腾，所有的理智，都在顷刻间分崩离析。

什么安危、逃亡、生离死别，都给他滚！此刻，他只想要她……

韦清被他深深地吻着，不由自主地，呼吸就乱了节奏。隔着薄薄的衣料，她下意识地抚摸他的肩背，回应着他的热情。

可是，当她的指尖抚过他肩胛骨的边缘时，苏远声突然闷哼了一声。这一声虽然轻不可闻，可她还是听到了。

蓦地停下动作，韦清稍稍用力，推开了他。

她半眯着水蒙蒙的双眸，就这么一眨不眨地盯着他看。他垂眸回应她的视线，眼底仍带着不可言说的情欲。

"怎么了？"他声线喑哑。

"你受伤了。"陈述句。

"……没有。"又是谎话。

韦清才不会那么轻易就被他糊弄过去。她什么都没说，直接帮他脱掉了上衣，越过他赤裸的肩膀，查看他背后的伤势。

就算傻子也看得出来，那是枪伤。子弹已经取出，伤口似乎在慢慢愈合。可是，刚才她没轻没重地摸了那么一下，结果现在伤口又裂开了……

伤在他身上，疼在她心里。

韦清恨得牙痒痒，差点儿抬手抽自己两个大嘴巴！活该她手欠，这就叫自讨苦吃。

"伤成这样你也不吭一声，还洗澡，还跟我……"她说不下去了，恨恨地在他肩膀上咬了一口，"苏远声，你是故意的吧！你就想死在我身上是吗？"

他低笑一声，故意把她的话往暧昧了想。

"清儿,你知不知道自己在说什么?"

"我懒得知道!你给我老老实实待着,我去拿急救箱。"

3

韦清从卧室储物箱里翻出来一个大箱子,上面印有醒目的红十字。

她懒得把东西搬出去,便扯着嗓子冲客厅喊:"苏远声,你给我进屋里来。"

他听话地进了卧室,在她床沿坐下来,心头忽然涌起一种别样的温情。

一个顶天立地的男子汉,忽然摇身一变,成了被人悉心照顾的小孩儿。这种感觉实在太过幸福,以至于他只要一想到这个,唇边的笑意就怎么也收不住。

韦清在他身后坐下来,一边往医用棉签抹碘酒,一边数落他:"亏你还笑得出来!这几年岁数都白长了,还跟以前一样没心没肺的。"

他沉默片刻,轻声说:"这不有你在嘛。"

韦清不再说话了,只是专心地给他处理伤口。

棉签蘸着碘酒,不轻不重地落在伤口上。他并没觉得有多疼,只不过碘酒突然刺激伤口,令他下意识地绷紧了背部肌肉。

可她看在眼里,却心疼得要死。

消炎上药,小心包扎。韦清的动作干净利落,可是当她终于做完这些时，手心里早已经蒙了一层细密的汗珠。

她太紧张，比在自己身上动刀子还紧张。

将医药箱收拾好，重新放回到储物柜里。然后，她回到他身边坐下，双臂轻轻环住他的腰。

"很疼吗？"话音落下，一个轻柔的吻，小心翼翼地落在伤口周围的肌肤上。

伤口微微发烫，相比之下，她的嘴唇就显得格外冰凉。远声轻轻簇起眉头，也分不清是煎熬还是享受。

"……不疼。"他说。

她却不依不饶："不疼，怎么皱着眉头？"

他扭头看她的脸，低声说："就是觉得可惜。"

韦清又不解风情地问："可惜什么？"

"……"这回，苏远声彻底不说话了。

这难道还用问？都到了嘴边的温香软玉，就这么飞了，能不可惜吗……

韦清见他迟迟不说话，多少也明白了他的意思。她面色一报，捧起他紧致结实的手臂，又咬了一大口。

苏远声没说什么，只是把她捞过来抱在腿上，半眯着眼睛打量她。

韦清稍一抬头，就看到这男人又在笑她，而且还是那种暧昧不明的笑。耳根瞬间就红透了。她恼羞地瞪他一眼，小声骂道："你可真无耻！"

他好笑地吻了一下她的眼睛,故意反问:"我说什么了?"

韦清:"……"

的确,他什么都没说,那些个乌七八糟的事儿都是她自己想出来的。

"继续?"他问。

"继续什么?"她一愣,很快反应过来,语序立刻就改成,"继什么续!"

话虽说得干脆,可是下一秒,她看到他失落的神情,就又忍不住心软,细弱蚊蚋地补了一句:"等你伤好了再说……"

他没强求,只问:"那现在应该做什么?"

"现在嘛……"韦清看向他,微微挑了挑眉,"不如咱们就来掰扯掰扯,Mr Cheung 到底是什么人?"

第三章 我陪你亡命天涯

1

"Mr Cheung？"很明显，苏远声并不熟悉这个称呼。

"回岚城的飞机上，他们就是这么叫你的。"韦清看着他，笑着反问，"难不成，你连自己的名字都记不住？"

他这才反应过来，解释道："哦，那个是假身份，掩人耳目用的。"

"所以你之前用的护照，也是假的吗？"

苏远声点了点头："对我这样的人来说，护照就和身份一样，基本都只能用一次。"

一次性的身份和护照？韦清不得不承认，这有点超出了她的认知。

她抿了抿嘴唇，一时也不知道说什么才好。

隔了一会儿,她才再次开口,故作轻松地和他打趣:"你这几年长进不小啊,居然还学会办假证了。"

"不是我,是佐藤洋子。"

韦清一脸讶然:"真看不出来,她还有这本事?"

"洋子最擅长的就是身份伪装,这些对她来说不是什么难事……"其实话音还没落下,苏远声就已经后悔了。

聊天就聊天,没事儿提什么别的女人?不过对于佐藤洋子,苏远声只能感到抱歉了,他没法去找她了。

他刚才一定是脑子短路了,才会跟韦清说这些不中听的大实话。

可惜,说出去的话就是泼出去的水,再想往回收已经不可能了。

韦清面色一沉,垂下眼帘不再看他,好半天都没说一句话。

心里的五味瓶被他几句话打翻,要说一点都不吃醋,那肯定是假的。不过此刻,吃醋并不是重点。比那更重要的是,她忽然明白了长久的分离是多么要命的一件事。

八年时间,原来真的比想象中漫长许多。

它可以彻头彻尾地改变一个人,令他变得陌生、神秘、面目全非。

很多在韦清看来几乎不可能的事情,正时时刻刻发生在苏远声的世界里。这样天差地别的距离,远胜过海角与天涯。

他们已经成了两个世界的人,而愚蠢的她,竟然到现在才意识到。

"远声,"她埋头在他胸口,声音轻轻地说,"我想了解你,想走到你的世界里去。"温言软语,带着恳求的意味,仿佛他的世界有多么光鲜明媚。

"清儿,等你真的知道我这几年都在干什么,就不会这么想了。"

"怎么想是我自己的事,谁也改变不了。"她抬头凝视他的眼睛,字字清晰地问,"所以你只需要告诉我,你究竟是做什么的?"

"怎么说呢,我……"他欲言又止,拧起了眉头。

"很难描述?"韦清反问。

"不难描述,就是难以启齿。"远声顿了顿,低低地说,"总觉得有点儿可耻。"

"说吧,我不笑你。"

"那就换个方式讲给你听。"苏远声微微低着头,视线一眨不眨地落在梳妆柜的把手上。梳妆柜并不好看,他只是需要逃避韦清的目光。

"我的雇主是个混血女人,圈子里的人都叫她'V'。

"混这一行的都知道V是雇佣兵团的老板,但实际上,她就是个不折不扣的奸商。

"她最主要的赚钱手段,就是'拿人钱财,替人消灾'。明白了吗?"

说完这一席话,苏远声的视线才又落回到韦清的脸上。

薄削的嘴唇几乎抿成了一条直线,他不发一言,就这么安静地等待着她的反应。

她会惊诧、害怕,还是鄙夷?苏远声猜不透。

即便他事先揣测过千百种可能,然而实际上,韦清的反应仍然不在他预料之内。

"还不是特别明白。"她眨巴着一双大眼睛，望着他，就像个勤学苦问的学生，"如果我没理解错的话，大概就是……杀手？"

苏远声摇了摇头，纠正她："你理解错了，V从来不贩卖人命。"

"可是电视剧里演的雇佣兵好像都杀人……"

"至少我手上没沾过人命。而且刚才我也说过，'雇佣兵团的老板'只不过是个幌子罢了。实际上，V就是个财路不明的生意人。"

说这些话时，苏远声的眉心轻轻拧了个结。然而他的语气很淡，完全没有争论或是洗白之意，仿佛只是简单地陈述事实而已。

韦清沉默地看了他一会儿，然后又问："能不能给我讲讲，你们平时做的都是些什么生意？"

"我想想该怎么给你概括……"他琢磨了片刻，最后，只憋出来这么两个字，"寻宝。"

"……寻宝？你怎么不干脆说是'飞行棋游戏'呢！"韦清一时没忍住，轻声笑了起来。

多年不见，这男人说话还是这么不靠谱。

明明是刀尖舔血的日子，却被他描述得童趣十足。这么一来可好，她心里最后那点儿畏惧也没了踪影。

苏远声没跟她开玩笑，神色严肃地解释说："基本就是有钱人想要什么稀奇古怪的宝贝，V就派手下的人去想办法弄来，然后再以天价卖出去。"

"这不就是倒卖古玩吗？像什么秦朝的铁器、明清的陶瓷、宋代的绢丝……这一类的东西。"

"要真是这么简单就好了!"苏远声回忆起自己之前得手的几件珍宝,不由得摇了摇头,"就你说的这些个破铜烂铁、陶瓷布料,虽说现存数量并不太多,但总归在古玩市场上还是有一定的流通率。可 V 的金主要买的,一般都是有钱也买不到的东西。"

韦清挑了挑眉毛:"比如呢?"

"比如珠宝。"

她不服气地反问:"这东西不是首饰店就有卖吗?"

苏远声瞧了她一眼,幽幽地补充道:"而且一般都是从上个世纪流传下来的,欧洲皇室或者贵族的家传珠宝。"

"……"韦清怔了一怔,然后可耻地消音了。

照他这么说,恐怕……那些珠宝的确不怎么容易从百货里买到。

如此沉默了一会儿,她又仰头看向他,一双水眸亮晶晶的。

"听你这么说,还是挺有意思的。不如以后,你带上我一起?"

苏远声定定地打量着她,良久,轻不可闻地叹息一声,将她抱得更紧。

"清儿,我自己怎么样都无所谓,可我不能让你受到一星半点的伤害。"他在她额头印下一吻,声线低哑而苦涩,"我不忍心。"

"那你就忍心让我没日没夜担惊受怕?"她故意把话说得严重,"照这么下去,迟早有一天我得担心过度,郁郁而亡。"

苏远声闻言,半晌都没有说话。

他是真的无话可说。

有那么一瞬间,他打心底里后悔了。后悔将一切告诉她,后悔把她也卷进这风波不止的日子里,甚至后悔在帕罗尔遇见她。

可惜世上没有后悔药,路已走到这一步,苏远声心里很清楚,他以后都没办法丢下她一个人了。

韦清见他良久无言,心里大概也就明白了他的意思。

她安静地依偎在苏远声的怀里,遥想着未知的前路,竟觉得心无所畏。他是她最信赖的盔甲,这一点,这么多年从未变过。

其实,他的情意她都懂。然而,谁都改变不了她的决定,就连苏远声也不能。

就算他再怎么想保护她,她也必须不顾一切跟他站在一起;就算不得不受到伤害,那也得两个人一起承担。

思绪触及"伤害"二字,韦清忽然又想起什么。她从他怀里抬起头,稍稍拉开彼此之间的距离,漆黑的眸子一眨不眨地盯住他。

"远声,你正经回答我个问题。"

他回望着她,淡淡地开口:"说吧,想问什么?"

韦清下意识地拧起眉头,语气严肃地问:"你知不知道最近追杀你的人是什么来头?"

"当然知道。"

"是跟你们抢珠宝的大户?还是之前结了梁子的仇家?"

"都不是。"苏远声摇了摇头,"这次算是内讧。"

"内讧?什么意思……"韦清不解。

他言简意赅地向她解释:"是V一直派人杀佐藤洋子,从F国一路追杀到帕罗尔,现在又追到岚城来了。"

听他这么一说,韦清就更困惑了。

"佐藤洋子不也是V手下的人吗?"

"是。"

"她是执行任务的时候犯了什么错,所以才被V追杀?"

不等苏远声回答,韦清又一叠声地追问:"再说,V是追杀佐藤洋子,跟你有什么关系?"她的手指紧紧扣在他的手臂上,俨然一副打破砂锅问到底的架势,"怎么你也被搅进这浑水里了?"

这一次,苏远声学聪明了。

他开口之前先在脑子里琢磨了一下,然后才回答说:"我也不清楚。"

2

女人一旦精明起来的确可怕。

韦清几乎片刻都没迟疑,一眼就看穿他拙劣的伪装,冷着语气说:"苏远声,我不想听你说谎话。"

"可是……真话你未必爱听。"

"爱听,只要是真话就爱听。"她依然抓着他的小臂,手指比刚才更用力几分,语气也不自觉地上扬,"说来听听。"

苏远声叹了口气,心里隐隐觉得不妙。

依偎在他怀抱里的小女人,此时正眼巴巴地等待着下文。

她根本就想不到——这么一件生死逃亡的大事,一旦掰扯起来,扯出来的竟然不是什么恩怨仇杀,而是一连串的桃花债……

韦清见他沉默了好一阵子，禁不住追问："在想什么，怎么不说话？难不成又打算编个理由糊弄我？"

苏远声这才回过神来，用最简练的语言，将之前的事情和盘托出。

她安安静静地听他讲完那段三角苦恋，竟觉得有点儿意思，不由自主地笑了一下。

纤细的手指有一下没一下地戳着他的胸膛，韦清话里有话地说："佐藤洋子爱你，V也爱你，你可真是个香饽饽。"

他捉住她不安分的手，轻声问："你呢，你爱我吗？"

这种时候，她本应该深情款款地凝望他的眼睛，肉麻地念一声"我爱你"。

可是，韦清也不知道自己是怎么搞的，竟然阴阳怪气地说了一句："爱啊，爱得紧呢！"

气氛有点不对，她摸了摸鼻梁，想着说点儿什么挽救一下。

然而很不幸，她又一次没找准感觉……

"那你呢，你爱她们吗？"

"……你是问我？爱她们吗？"苏远声扶额，一声叹息，"韦清，我简直不想搭理你。"

她一时没忍住，笑出了声。

他佯装怒意，瞪着她说："还笑？"

韦清却不怕他，脸上的笑容越加明媚起来。

她什么都没有说,只是靠近他的脸庞,在他柔软的双唇上,印下了一个轻如蝶扑的吻。

两心相悦,满室温柔,这就是最好的事。

一吻作罢,她靠在他胸口微微喘息,小声说:"远声,我已经用行动给你答案了。"

他的视线落在她的脸上,将她面颊上的红晕看进了心坎里去。

"我知道。我也一样。"他的语气就和此刻的心情一样,柔软得无以复加。

如此甜蜜了好一阵子,苏远声才终于想起来,还没跟她说正经事儿。

"清儿,说实话,我还是想……"他有些犹豫,不知道接下来的半句话应该怎么说,才不会显得太过生硬。

韦清还沉浸在谈恋爱的粉红幻想里,下意识地说:"想都别想,等你伤好了再说!"

苏远声明显怔了一下:"……我不是说这个!"

她抬眼打量他片刻,多少猜出了他的意思,于是反问:"是想去找佐藤洋子?"

"嗯,可以吗?"他探寻地看着她,心里却早已打定了主意。

苏远声是重情重义之人,这个韦清自然是清楚的。

不管怎么说,佐藤洋子毕竟救过他的命。如今她有难在身,他理应知恩图报。更何况,这一连串的追杀,本来就是因他而起。所以于情于理,他都不能坐视不管。

韦清不为难他，只说："好，那我跟你一起去。"

他皱起了眉头："你去西郊别墅等我，听话。"

她半开玩笑半认真地说："那还不如在门口蹲着呢。反正爱你的女人也不止佐藤洋子一个，V杀哪个不是杀，你说对吗？"

苏远声咬牙切齿地训她："我说你这小姑娘怎么回事儿！动不动就乱说话，就不怕闪了舌头？"

"你让我跟着你，我就不乱说。"她厚着脸皮求他，"就带上我吧，好不好？我保证不给你添乱，这还不行吗……"

他拗不过韦清，也只能依了她的意思。

韦清见他点了头，便笑着问："那我们什么时候动身？跟我说说你具体是怎么计划的。"

"我跟洋子约的是明天上午十点，在中央火车站碰头。那地方人多眼杂，相对安全。"苏远声顿了顿，低头睨她一眼，语气里不自觉地多了几分无奈，"本来打算早点儿出发，先送你去西郊，现在看样子也用不着了。"

韦清知道他又要数落她不听话，于是立刻改口说："那个，都说'计划赶不上变化快'，我们还是照着眼下的情况，重新讨论一下吧。"

"还有什么好讨论的？"他扬了扬眉，"明天早上八点半，准时从这里出发。"

"……哦。"她点了点头，在心里默默感慨——别说，就苏远声现在这个说一不二的架势，还真挺像个军人的。

浪迹四方的铁血男儿,如今在她的家里短暂落脚。这是一种归属感,令人打心底里觉得温柔。

而从明天开始,她就要凭着一腔孤勇,随他一起亡命天涯。这又是另外一种幸福。

脑子里惦记着接下来的事情,韦清半点都不敢懈怠。她干脆利落地整理行装,把能想到的必需品全都翻找出来,然后一股脑地塞进一个硕大的背包里。

从今往后,她的全副家当就只有这个背包,以及身边的男人了……

3

整个下午的时间,在忙碌中惶惶度过。

等到韦清把东西都收拾完,已经将近傍晚六点。

她有些疲倦,侧身倚在客厅沙发上休息。苏远声从卧室出来,在她旁边坐下来,从后面轻轻环住了她的腰。

"晚饭想吃什么?我出去买。"说这话时,他的嘴唇轻轻贴在她的耳畔,声音低低的,近乎呢喃。

温热的呼吸,柔柔地扑洒在韦清的脸颊上。客厅里的气氛忽而就变得暧昧起来。她半晌没有说话,默默感受着独属于苏远声的气息,禁不住有些心猿意马。

她沉默了片刻,然后才说:"别出去了,不是说外面不安全吗?"

苏远声笑了笑:"再怎么不安全,也不能两个人一起躲在屋里饿肚子。"

"不至于那么惨。"她回头在他的唇上轻啄了一下,然后离开他的怀抱,起身往厨房走去,"你稍等我一下,我看看冰箱里有没有剩下什么食材。"

隔了一会儿,韦清从厨房那边探出来半个身子,扒在门框上问他:"晚上在家啃排骨,我亲自下厨,怎么样?"

苏远声越过沙发的靠背,遥遥地望着她的脸,一时怔忪,竟忘了回答。

韦清见他半天都没吭声,也有点儿摸不准他的意思,于是迟疑地问:"……不吃排骨吗?"

"吃。"他这才恍然回过神来,微笑着说,"怎么可能不吃……"

"我就说嘛,你这几年就是变化再大,也不可能连排骨都不爱了呀!"韦清似笑非笑地望着他,揶揄道,"你记不记得以前,你跟我一起吃饭,每次见着排骨就疯抢。那个架势啊,啧啧,简直就是六亲不认……"

他当然记得。

那时候,他就是故意逗她,喜欢看她气鼓鼓的样子。可她也真的挺傻,一边数落他不懂得怜香惜玉,说他只爱吃肉不爱她,一边又不停地往他碗里夹排骨。

年少往事堆砌在心头,总让人觉得莫名温暖。

苏远声从沙发上站起身来,走过去抱住韦清,轻轻吻了一下她的额头。然后,他淡笑着说:"清儿,你可真小心眼。我就抢了你几块排骨,你记了我这么多年。"

是啊，一不小心，她就记了他这么多年。

韦清在心底重复这句话，也不知怎的，竟莫名有种想哭的冲动。

胸腔里似有千言万语在翻涌，但话到了嘴边，却又一个字都说不出。她安静地凝视他的双眸，只将所有深情都融在了目光里。

"我去做饭了，你看会儿电视，好了我叫你。"

苏远声"嗯"了一声，又站在厨房门口看了她一阵子，然后才转身去客厅。

刚才他在这里时，她故意别扭着不看他，只是忙着清洗排骨。可这会儿，他才刚离开厨房，她就想他了，忍不住扭头往客厅那边望了一眼，恰巧对上他的视线。

他的笑容很温柔，而她的一颗心，比他的笑容更温柔。

韦清心里想着，不论以后如何颠沛流离，至少今天，她得好好给心爱的男人做一顿可口的饭菜，就像这世上绝大多数的寻常夫妻一样。

排骨炖了四十五分钟，然后热锅凉油，熬糖上色，再加各种佐料翻炒入味。最后起锅的时候，香气四溢，连她自己都想夸自己厨艺了得。

苏远声已经将碗筷摆上餐桌。

两人相对而坐，一边吃饭，一边有一搭没一搭地闲话家常。有那么一瞬间，苏远声恍然生出一种错觉，仿佛自己已经和她这样生活了大半辈子，平平淡淡，温馨和美。

韦清看出他在走神，不由得伸手在他眼前晃了两下，问道："不好好吃饭，愣神琢磨什么呢？"

他眉眼含笑地瞧着她，实话实说："就想着以后也这么跟你在一起，做个什么生意，赚点小钱，过过小日子，就比什么都好。"

韦清哑然，良久才说："这话要是让你那帮花天酒地的兄弟听到了，指不定得怎么笑话你呢。堂堂苏家二少爷，消失八年回来就成了市井小民，也是够传奇的。"

听到"苏家"这两个字的瞬间，苏远声面色一沉，俨然想起了某些令人生厌的事。

韦清看到他皱眉，立刻识趣地转移话题："对了远声，有件事，刚才做饭的时候我忽然想起来，就想跟你问问来着。"

"问吧。"他的脸色依然不怎么好看，语气却稍微缓和了一些。

"其实我一直想不明白，八年前究竟发生了什么？你好端端的，一点预兆都没有，怎么就突然入了雇佣兵这一行呢？"

苏远声沉吟了一会儿，然后沉声答道："这里面的确有些缘由不适合现在说，你先别多问了，以后找机会我会跟你讲。"

韦清没有继续追问，只说："那我们抛开之前的事儿不提，等这次风波过去了，你去跟V好好商量一下，以后就不跟着她混了，这样能行吗？"

"可以试试，但是希望不大。"他思索片刻，又说，"其实要想让V放人也很简单。只要让她意识到，这个人已经没有任何的利用价值，那么，她自然也就不会花钱去养一个闲人了。"

不花钱养闲人？那也不代表就会放人啊！

谁也说不准那个混血女魔头会不会干脆杀人灭口。

韦清有些后怕，不自觉地吞了一下口水，干巴巴地说："这事儿还是以后再说吧，眼下最要紧的是保住小命。"

气氛忽然变得有点严肃。

苏远声却不合时宜地笑了一声，对她说道："眼下最要紧的不是保命，而是想办法解决掉眼前这一大盘子的排骨。我说你是有多饿，怎么炖了这么多？"

他刻意转移话题，她都听得明白。

其实对他们而言，安宁的岁月是最奢侈的珍宝。这间公寓就像乌托邦一样，他们能在这里多留一日，就是偷来一日的福气，又何必庸人自扰？

韦清朝他笑了笑，顺着他的意思，语气轻松地打趣："这不是看你还在长身体，吃少了容易饿嘛。"她一边说着，一边往他碗里又塞了几块排骨，"来，大块的都给你，多吃点儿。"

然而，她这边话音还没落下，就听到门口传来了一阵敲门声。

韦清和苏远声对视一眼，两人心里都有些没底，也不知道现在是怎么个情况。

"你坐这儿别动，我去看看。"苏远声低声说完，起身绕过餐桌，往玄关那边走去。

韦清不听话，也跟在他身后来到门口。她透过门镜往外瞧了瞧，看到一张熟悉的脸，这才稍稍放下心来。

她踮脚凑近苏远声的耳朵，小声说："这个是自己人。"

"韦清，在家吗？"说话的同时，门外的男人又扬手敲了敲门。他敲门永远都是这么不疾不徐，不轻不重，听起来就很绅士。

韦清伸手要去拧门把手，却被苏远声拦了下来。

"不会出问题的，你别担心。"她稍稍用力握住他的手，倒像是在安慰他似的。

苏远声没再阻拦，由着她打开了公寓大门。

他心里清楚，假如V派来的人真打算趁这个工夫偷袭，那么，死守着不开门是没有任何用处的。反正，是福不是祸，是祸躲不过，兵来将挡就是了。

门开了，并没有不速之客闯入。

苏远声不动声色地打量着来人，总觉得有点眼熟，像在哪儿见过似的。

门口的男人似乎没想到公寓里还有别的人在。他也打量着苏远声，眼底闪过一丝讶异，嘴上却什么都没说。

气氛实在尴尬，韦清赶忙打圆场说："我来介绍一下，这位是顾西离，顾老板。"目光转向苏远声，她顿了顿，又继续道，"这位是……"

没等她说完，苏远声就打断她的话，主动跟顾西离打了声招呼："顾老板，幸会。我叫张远，是韦清的朋友。"

韦清客气地请顾西离进屋坐，脑子里琢磨的却是——哦，原来 Mr Cheung 的全名叫"张远"啊。

顾西离进了屋，在客厅的沙发上落座，随手点燃了一支香烟。苏远声只用眼角余光扫了一眼，便知道茶几上的烟灰缸就是给这个人准备的。

一时静默。

三人半晌没说话，末了，倒是顾西离率先开口，主动与苏远声寒暄："听张先生的口音，应该不是岚城本地人吧？"

"嗯，我平时不住岚城。"苏远声对上他的视线，理所当然地说着谎话，"这次是过来办点事情，顺便看看朋友。"

"原来是这样。"顾西离点了点头，客客气气地说，"我跟韦清谈点事情就走，不会耽误你们叙旧。"

这男人的话里莫名有股醋意，苏远声心里有数，表面上却什么都没表现出来，只说："那你们先忙，我刚好去阳台抽支烟。"

话音落下，他只身走到阳台，顺手带上了身后的落地拉门。

4

厚重的钢化玻璃，隔音效果十分明显。苏远声听不到顾西离和韦清在客厅里谈论什么，而外面车水马龙的声音，也不会传回到客厅里去。

直到这时，顾西离才抬眼看向韦清，压低声音问："最近有什么新货吗？"

"有，我上个礼拜去帕罗尔，采到十几颗黑珍珠。"

顾西离闻言，立刻来了兴致："黑珍珠？这东西在岚城周围的海域里倒是不多见。"

"别说在岚城，就是在帕罗尔也找不到多少。我是撞大运，好不容易弄回来的。"

顾西离知道，韦清说的是实话。

深海采集本来就不是容易的事，即便是韦清这样经验颇丰的潜水员，也得凭着足够的运气，才能采到真正有价值的东西。

又何况，帕罗尔远在非洲，想把那些价值不菲的黑珍珠从南半球带回来，也的确不是一件容易的事。

"我先看看成色怎么样，如果不错的话，价钱亏不了你。"

"跟顾老板办事就是爽快！"韦清笑着从沙发上站起来，一边往卧室隔间的储物室走，一边扭头对身后的顾西离说，"相信我，这批货不管从质地、光泽还是饱满度来看，都算得上精品中的精品。你坐着稍等我一下，我这就去拿。"

韦清在储物架上翻了大概五分钟，几乎把所有东西翻了个底朝天，还是没瞧见那几颗黑珍珠的影子。

她脑海里闪过的第一反应是——完了！遭贼了！

紧接着，头脑恢复理智，她一拍脑门，恍然大悟——哦对了，她下午收拾行李了！如此重要的东西，肯定已经被她转移到门口的大背包里了。

于是，她又灰溜溜地锁上了储物室的门，也不理会顾西离探寻的眼神，步履匆匆地穿过客厅，直奔玄关而去。她俯身在背包里好一通翻找,终于找到那个精巧的小匣子。

韦清没有打开木匣,直接将它递到了顾西离的手上,语气里透着几分自信:"顾老板,打开瞧瞧吧,绝对会让你眼前一亮。"

顾西离不置可否,手指灵巧地打开了眼前的木匣。

十三颗黑珍珠,颗颗饱满。他盯着这些来自深海的珍宝,几乎移不开目光。

他满意地合上木匣,心里想着,这个女人果然靠谱,每次合作都不会让他失望。

顾西离挑眉看向韦清,淡淡地问:"还记得之前那批白珍珠的价格吗?"

韦清点点头:"当然记得。"那是她迄今为止做过的最大一笔生意,每一颗珍珠换来的银子都足够她吃半年的。

"这批货我全收了。这次,我出三倍的价钱。"他将烟头摁灭在烟灰缸里,起身准备离开。刚走两步,他又回头向她交代,"跟以前一样,三天之内,全额货款会打到你的银行账户。"

三天之内?银行账户?

韦清心里咯噔一下,赶忙上前一步,伸手拦住了他的去路。

"顾老板,先等一下!"

顾西离顿住脚步,目光落在她的脸上,带着探寻的意思。

他淡淡地问:"怎么了?"

"我最近情况特殊,所以想跟你打个商量。"

"商量什么?"

"这次的货款……"韦清咬一咬牙,硬着头皮问道,"能不能用现金结?最好今天就付。"

顾西离闻言,下意识地拧起眉头,那双精明的眸子里闪过一丝莫名的情绪。

"怎么回事,是碰上什么麻烦了吗?"他问。

韦清佯作轻松地答道:"麻烦倒没有,就是最近手头有点紧,刚好这几天要忙的事情又比较多,可能没什么时间去银行取钱。"

顾西离显然不怎么相信她说的话。他定定地打量她片刻,又说:"要是真有什么难处,我可以先借你……"

"顾老板,你的好意我心领了,不过真的不用。"韦清打断他的话,明明白白地说,"如果这次的货款可以直接付现金,那就是你卖给我一个很大的人情了。要是集团有规定的流程要走,我也能理解,更不想让你为难。"

一连串的话,说得条分缕析、和善客气,也很明事理。可是,这却没能给顾西离带来一星半点的好感。

恰恰相反,他能感受到韦清的刻意疏离。正因为如此,他心里越发不快,只觉得胸口有点儿闷得难受。

顾西离抿紧嘴唇打量她半晌,也没再劝说什么,只是顺着她的意思说道:"好,那就按你的意思办吧。"

"行,我就在家里等着。"韦清满意地给他让出一条路,礼貌地朝他颔首,"那就先谢谢顾老板了。"

顾西离淡淡地"嗯"了一声,迈开步子往门口走去,边走边说:"我这边还有其他事要忙,等会儿,我让助理把钱给你送过来。"

"没问题。"韦清笑着送他出门,一直目送他上了车,这才关上了公寓大门。

她丝毫没有放松警惕,透过门镜又朝外面张望了几眼。

确认顾西离的私家车已经离开,公寓周围并没出现什么可疑的身影后,韦清才长吁一口气,多少算是放下心来。

韦清转过身,赫然发现苏远声就站在她身后,也不知已经这样站了多久。

她下意识地"哎哟"一声,小声嘀咕:"你是猫吗?怎么走路一点动静都没有……"

苏远声对她言语间的娇嗔充耳不闻。他就这么拦在韦清面前,一言不发地垂眸打量着她,丝毫没有要让开的意思。

韦清抬头对上他的视线,才觉察到异样。

此刻,苏远声的眼里已经寻不到半分温柔。他的眸色很深,目光平静而内敛,却透着一触即发的肃杀和狠绝。

明明是熟悉的面容,却散发着陌生而凛冽的气息。

这令韦清忽然陷入一种错觉,仿佛一切又回到深海重逢的一幕。

她这才意识到,原来在回岚城的飞机上,他说的是实话——他早已不是从前的苏远声。八年时间,他从慈善家的儿子变成神秘危险的雇佣兵,令人闻风丧胆、不寒而栗。

可是，她却从来都不怕他，以前是，现在也是。

因为韦清知道，不管苏远声变成谁，他都不会伤害她。

对峙并没有持续太久。

韦清主动靠近一步，伸出纤纤双臂，温柔地环住他的腰。

"吃饭吧，排骨都凉了。"脸颊软软地贴在他的胸口，她小声开口，声音软糯糯的，撒娇的同时又带着点儿哀求。

苏远声突然就被她打败，责备的话再也不忍心说出来。

他抬手揉揉她的长发，语气里有些无奈，但更多的还是宠溺："闯了祸就撒娇，该拿你怎么办才好？"

韦清却有点惊讶，抬头看向他："……闯祸？"

"不然呢？"

"我以为你是在吃醋。"

他愣了片刻，随即又笑了，坦然承认道："确实，醋也没少吃，所以刚才想杀人。"

韦清猜不出这话里有几分是玩笑，也不敢再往下猜，于是硬着头皮转移话题："你说我闯祸，是什么意思？"

"意思就是——这地方不能再待下去了。"

不等韦清开口，他又继续说道："我们必须十分钟内解决所有排骨，然后五分钟用来消化，五分钟接个吻，十分钟检查行李。"

"再然后呢？"她明知故问。

"再然后，从这里出发，提前动身去西郊。"他干脆利落地下达命令，眼神坚定从容，像久经沙场的将领。

韦清承认，自己有点被他的气势震慑住了。

她既不敢反驳，也不敢多问，甚至连大气也不敢喘，只能任由他牵着手，回到餐桌旁边开始战斗。

韦清办事很有效率，至少在"吃"这方面一贯如此。

她抱着排骨啃得狼吞虎咽，活像挨了饿的小豹子。没几分钟的工夫，她的面前已经"尸骨成山"。对比之下，苏远声反而看起来文静了很多。

隔着一米宽的餐桌，他静静看着对面的小女人，将她每一个小动作都收进眼底。

他看她吃得满足，忍不住就想笑。

原来在这个杀机四伏的世界上，还有一个人能带给他最平实琐碎的幸福，让他在逃亡的路上也能心安。

他从不奢望什么太平盛世，能像现在这样吃一顿饭，就已经很奢侈。

韦清很听他的话，一直闷头吃到撑，然后才从排骨堆里抬起头来。

"真的不能等到明天再走吗？"她一边问，一边从手边的纸盒里抽出两张纸巾，递了一张给苏远声。

他接过来，却随手放在了桌上。

"不能。"苏远声神色凝重地摇了摇头，没有半点开玩笑的意思，"这公寓已经被V的人盯上了，留下来过夜太危险。"

"你怀疑顾西离和V有什么联系吗？"

"不是怀疑，而是肯定。"

"证据呢？"

她一脸严肃，可苏远声却笑了。

"你以为，顾西离为什么会在这个时间找上门来？"他不答反问，却又针针见血，"你回岚城才几个小时，这期间根本没有联系过他。那么，是谁通知他的？"

韦清被问得哑口无言，再回想方才种种，只觉得脊背发凉。

她实在蠢不可及。在这样危机重重的时刻，她竟然还和以前一样天真，那么轻易就将自己和苏远声暴露在外人面前。

佐藤洋子至少还能帮他伪造身份，可是自己呢？除了陪他同生共死的决心和勇气，自己真正能给他带来的，还有什么呢？

有那么一瞬间，韦清突然就很讨厌这样的自己。

因为她再清楚不过——即便独自留下来，她仍然会成为他的死穴，也会成为他的负担。

"对不起……"除了这三个字，她不知道自己还能说些什么。

苏远声什么都没说，只是拿纸巾随便擦了擦嘴，然后站起身来，绕过餐桌走到韦清身边。

她也站起来，紧张之下碰倒了桌上的可乐罐子。还好，可乐已经所剩无几，没有将餐桌弄脏，也不需要伸手去扶。

"时间宝贵，消化好了吗？"

没头没脑的一问，韦清还没反应过来，就已经被他紧紧拥入怀中，低头吻住。

近乎凶狠的吻，带着报复性的温柔。

他在惩罚她。惩罚她的偏执和天真，非要不顾生死，随他亡命天涯；可同时，他又在确认。确认从这一刻起，他们就是彼此的唯一。

韦清被他吻着，几乎快要窒息。

意识里似乎在观看一场冗长而慢放的影片。

她亲眼看着自己和苏远声相识在最明媚的人间四月天，又走失在茫茫人海中，然后跌跌撞撞，一直走到如今这个动荡波折的年月……

她从来不知道，五分钟原来可以过得这样缓慢，仿佛足够走完一生一世。

她更不知道，苏远声第一次违背了自己下达的命令，吻了她很久。

玄关开着壁灯，柔和的光线落在韦清的脸上，有种光影错落的美。

出发在即，苏远声细细凝视她的模样，恨不能把时间定格在这一刻。可他明白，有些路终究要走，有些话，也不得不说。

"清儿，我不能保证将来会怎样，但如果你决定跟我走，那么不管天涯海角，我都带着你一起走。"他语气郑重，字字清楚地说，"我只有一个要求。"

"什么要求？"

"不论发生什么事，你都可以怪我，但永远不要怪你自己。就这一个要求,你能答应我吗?"

韦清沉默了好一会儿,末了,轻声说:"好,我答应你。"

"乖,"苏远声浅浅地微笑,在她额头印下一吻,像是虔诚的信徒,"那就走吧……"

然而,这边话音尚未落下,那边,刺耳的枪声已经猝不及防地响彻了整个公寓!

枪弹一发接一发地破窗而入,刹那之间,就粉碎了全部的安宁。

第四章 这一生温柔入骨

1

玄关处摆放着坚实而高大的木柜,可以作为临时的掩体。

苏远声迅速闪身,躲到一片完整的阴影里,反手将韦清拽到自己怀里护住。

"现在怎么办?"她埋头在他怀里,小声地问。

"先躲着,找个机会往外跑。"

"你……没带枪吗?"

"带了。"他回答得理所应当。

韦清不解,又问:"那怎么不反击?"

苏远声低头瞥了一眼散落在脚边的子弹,沉声说道:"发射这些子弹的,应该是口径 20 毫米的克罗地亚 RT-20 型狙击枪。"

韦清一脸茫然地看着他,俨然对军事装备没有任何概念。

他只好继续解释:"这种狙击枪精准度极高,一般用来打击装甲车,有效射程在1.8公里左右。我判断不出狙击手的位置,所以除了躲,没别的办法。"

她听懂他的意思,乖顺地点了点头,只说:"我听你的安排。"

"清儿,你跟着我,往后可能就只有这样的日子了。"他凝视她的眼睛,一字一句地问,"你不害怕吗?"

"没什么好怕的,就像潜水遇到鲨鱼一样,去面对就好了。"说这话时,韦清坦然地回望苏远声,目光平静如水,仿佛他们在谈论的不是生死存亡,而是岚城四月的绵绵梅雨。

四周枪声依旧,邻里之间已经有人在尖声惊叫,并且打电话报了警。

韦清和苏远声躲在相对安全的攻防死角,彼此静默了有一阵子。

最后,还是韦清先耐不住性子,闷声问苏远声:"如果狙击手一直不走,我们该怎么办?总这么躲着,好像也不是个长久的办法……"

苏远声拧着眉头,并没有回答。

"你就站在这儿,别乱动。"他放开她,自己小心翼翼地挪到防盗门附近,透过门镜观察外面的情势。

几秒之后,他回头问她:"车停在什么位置?"

韦清怔了一下,才低声回答:"……我不会开车。"

他点点头,表示意料之中,随即又问:"那出租车呢?"

"出租车一般停在门口那棵洋槐树旁边,或者马路对面的电话亭附近。"

他又转过头去继续观察公寓外面，条分缕析地说："马路上根本没有遮挡，活着跑到电话亭的几率为零。那就洋槐树吧，到时候我拎着你跑，十秒钟应该足够。"

"你的意思是……"韦清犹豫了一下，还是硬着头皮问，"要劫车吗？"

苏远声不答反问："不然还有别的办法吗？"

"说的也是，"她叹了口气，"总不能就在这里等死……"

一刻钟过去，公寓外面毫无动静。

韦清有些沉不住气，盯着苏远声的背影，开口问道："要是一直没有车过来呢？"

"那也没办法，只能等时机。"他依旧背对着她，警觉而敏锐地留意着外面的风吹草动，没有丝毫松懈。

就在这时，枪声突然停止，周遭恢复死一般的沉静。

韦清一头雾水，紧张地凑近苏远声，压低声音问："怎么回事？"

"门口停了一辆黑色宾利，有个穿西装的男人刚下车，正往这边走。"

韦清闻言，忽然就有种绝地逢生的感觉，语气都比方才轻快了几分："应该是顾老板派他的助理来送货款了！"

"那正好，借他的车用用。"苏远声说着，扬起嘴角冷笑了一下。

此刻，他已经看到了生机，只是还需要赌上一把。

如果没猜错的话，狙击手一定是注意到有人来访，这才停下攻击。照常理来推断，对方为了在他们开门的一瞬间迅速进行瞄准，必须将全部注意力都集中在门口。

那么，他偏要反其道而行，从最近的一扇窗子出发，直奔那辆黑色宾利。

"跟紧我。"苏远声只扔下这三个字，便立刻开始行动。

韦清甚至还没来得及搞清楚状况，就已经被苏远声一把拎过来，紧紧扣在了怀里。她脑子一蒙，稀里糊涂就跟他一起，从右手边的窗子翻了出去！

此时，顾西离的助理刚好走到门前，抬手按了两下门铃。

苏远声搂紧怀里的女人，迅速而利落地奔向不远处的宾利轿车。

韦清将自己完完全全地交给他，安心之余，却还是能感觉到那种分秒必争的紧张。她知道，苏远声已将一切都安排得精准而严苛，容不得半点犹豫和拖沓。

为了活命，他们势在必得。

"叮咚——"

门铃响起的一瞬间，无情的枪弹也随之降临！

狙击手的攻击直指向门口，这一刻，苏远声知道自己赌赢了。

就是这么一个小小的判断失误，给他和韦清留出了短暂却宝贵的三秒钟时间。

苏远声迅速判断出狙击手所处的大致方向，并立刻调整了自己的方向，故意将后背暴露在敌人面前。

他没有更多的武器，只能用自己的身体护她周全。

从窗口到停车点，短短十几米的距离，却隔着生与死。

一颗子弹倏忽而至，苏远声正要开车门，却猛然收紧手臂，将韦清紧紧箍在了怀里。

韦清几乎喘不过气来，心底莫名一阵慌乱，下意识地叫他的名字："……远声？"

"没事，先上车。"他的语气没有半分异样，说话的同时，迅速拉开车门，把她塞到副驾的位置上。

"砰"的一声甩上车门，苏远声弯腰从车前迅速绕过，来到车的左侧。

他不由分说就把顾西离的司机拎出车外，取而代之，自己坐在驾驶位上，一脚油门踩到底，就这么飞驰离开！

这一连串的动作，被苏远声驾驭得利落而冷静，从头至尾，加起来只用了不到五秒钟的时间。

荒唐的是，韦清将这一切看在眼里，不但不怕，反而觉得心中悸动难以按捺。

也就是这时，她才恍然意识到——原来自己所爱的男人，拥有令人喟叹的铮铮铁骨。在他的举手投足间，残酷与纷争落得分明。而深藏其中的，却又是另外一种惊心动魄的美。

2

对于驱车逃命这种事情，苏远声显然已经轻车熟路。

虽然前有围堵、后有追兵，但他却一点都不慌乱。岚城毕竟是苏远声的主场,对于那些散布在城市各处的零落有致的道路,没有人比他更熟悉。

他薄唇抿成一条直线,一言不发地操纵着方向盘,在纵横交错的街道上肆意飙车,几个转弯就轻松甩掉了V派来的人马。

黑色宾利一路向西,朝着西郊那栋隐秘的别墅疾驰而去。

日落黄昏,华灯初上,高楼林立的城市被万家灯火勾勒成温柔的模样。都市街景在车窗外飞驰着倒退,像是一种无声的讽刺,嘲笑着他们的流离失所。

曾几何时,韦清以为只要找到苏远声,艰难与波折就算是告一段落了。可现在她才知道,找到他,颠沛流离才算是真正开始。

她对着窗外怔怔发呆,也不知怎的,竟有种想哭的冲动。

与爱人一起逃亡,究竟应该甜蜜还是心酸?谁也给不出一个正确答案。

苏远声谨慎地观察周围情况,一路都没顾上与韦清说话。

四十分钟过去,轿车由国道高速驶出城区,总算安全进入西郊一带。

直到这时,他才稍稍缓了口气,转头看向身旁的韦清。

"没受伤吧?"苏远声的声音有些低哑,透着藏不住的疲倦。

"没有,"她轻轻摇头,对上他的视线,关切地问,"你怎么样?"

他没有回答,只说:"你没事就好。"

高级轿车减震做得极好,即使在蜿蜒崎岖的盘山路上也能平稳前行,没有任何颠簸感。

车载空调一刻不停地工作着,车里温度适宜,可苏远声的额头上却布满了细密的汗珠。韦清看在眼里,却并没想太多,以为他是一路开车太过辛苦。

"还要多久才能到?"她问。

他认真答道:"很快,沿着这条盘山路往上走,应该不超过十分钟。"

韦清点点头,不再说话。

其实她没有太宏远的奢望,只盼着快点抵达别墅,好让他休息一下。

轿车在别墅门前熄火,苏远声率先下车,阔步穿过丛林间的小路,在一扇高耸而隐蔽的黑色铁门前停住了脚步。

他在密码锁上输入指纹密码,熟门熟路地打开了别墅大门。

别具一格的米白色欧式独栋,隐于郁郁葱葱的树木间,很有幽静安宁的味道。苏远声向来有品位,这栋私人别墅是他十九岁那年亲自设计的,因而修建得格外雅致。

韦清紧随其后下了车,目光遥遥落在苏远声的背影上,心慌得不成样子。

就在刚才,她解开安全带正准备下车,目光一瞥,却定格在自己的左手边——那昂贵而精致的浅棕色真皮座椅上,赫然染着猩红刺目的血迹!

他受了枪伤,却不得不拼命开车,难怪额头上会挂满冷汗……可是粗心如她,一路上竟然无知无觉,直到这一刻才迟迟知道。

她终于明白，为什么自从重逢之后，苏远声就一直穿着黑衣。因为那是他最信赖的保护色，可以将所有伤痛藏于身后，不给敌人留下任何信号，甚至连心疼的机会也不留给外人。

可她不是外人，所以，她心疼他……

苏远声见她站在门外迟迟不肯进来，不由得返身回来找她。

"在想什么？怎么不进来……"他一边问，一边牵住她的手。韦清指尖冰凉，令他忍不住担忧，连声询问，"清儿，怎么了这是？哪里难受吗？"

这个男人可以对她这样温柔，但为什么，却一点都不懂得疼惜自己？

韦清鼻尖一酸，几乎要落下泪来。

可她最终还是什么都没说，只是握紧他的手，快步往小楼那边走去。

雕花木门在身后开了又合，将韦清和苏远声隔绝在一个相对安全的空间里。

直到这时，一直绷紧的神经才略有松懈。

敞阔的客厅里摆放着优雅的天鹅绒沙发，韦清在沙发上落座，苏远声自然而然地在她身边坐下来。

"怎么了？"苏远声又重复一遍刚才的问题，然后沉默地皱起了眉头。

枪伤带来强烈的痛楚，他强忍着，耐心地等她回答。

韦清却一言不发地，转过身来面对他，然后突然出手，猛地推了他一把！

背后的伤口被沙发靠背狠狠撞击，带来刺入骨髓的痛，就算是苏远声这样的硬汉，也免不了要闷哼一声。

嘴唇苍白，豆大的汗珠挂上额角。他几乎没有力气坐直身子，分明已经虚弱至极。

她看着心疼，嘴上却不肯服软，语气不善地说："这是惩罚，罚你骗了我一路。"

他也不争辩，只说："是我的错……"

韦清低低地叹了口气，到底还是不忍心再责怪他，于是软化了声线，轻轻问："药箱放在什么地方？"

"二楼卧室，靠窗的床头柜里。"

"我去拿，你在这儿等着。"话音落下，她从沙发上站起身来，穿过丝绒地毯铺就的客厅，转身往楼上走去。

都说"福无双至、祸不单行"，这话的确在苏远声的身上应验了。不过他时运不济，所以只应验了后半句。

狙击枪的特殊口径子弹嵌在皮肉之下，狼狈但是真实。

枪伤处刚巧也落在他的后背肩胛骨，和之前的旧伤合二为一。

韦清小心翼翼避开伤口，剪开周围的T恤，开始为他止血上药。

她的头脑混乱，手止不住地颤抖，像是第一次上手术台的实习医生。

有个近乎残酷的念头，反反复复出现在她的脑海里，搅得她不得安生——面前这个伤得血肉模糊的家伙,是她从小爱到大的男人啊……

这样的认知,令韦清心惊胆寒,以至于在上药的过程中,她不得不一直紧咬着下唇,以此忍受心灵上所遭逢的极大痛苦。

很多时候,精神上的折磨往往比身体的疼痛更残忍,而她到现在才终于深有体会。

"远声,你听过一句话吗?"

"什么话?"

"英雄的脆弱,只有他的女人懂。"

"我不是英雄。"

"可我是你的女人。"

"……"他沉默了半晌,到底还是没再说什么。

苏远声一点都不想辜负她的情深义重。

可事实却是,他并不觉得自己和"脆弱"有什么关系,甚至连痛苦都谈不上。

由于逃亡路上耽搁了太长的时间,枪伤处已经有些溃烂。

他其实感觉不到疼,反而因为痛了太久,而觉得有些微妙的木然。

此情此境,他唯一能感知到的就是伤口发炎所引起的皮肤高热,以及落在肌肤上的、属于韦清的冰凉触感。

这令他半眯起眼睛,甚至有些自虐般的迷醉。

仔细处理完那样触目惊心的枪伤,韦清已经冷汗涔涔。

她恍然有种错觉，仿佛自己刚从地狱里爬出来的，经历了九死一生。

像上次一样，韦清小心翼翼地靠近他，避开伤口，近乎虔诚地亲吻他背上的肌肤。

"很疼吧？"她小声呢喃，嘴唇依然贴着他，恋恋不肯离开。

"不疼。"他声线低哑，带着哄诱的味道，"清儿，过来让我抱抱你。"

韦清随手将药箱放到旁边，很听话地走到他面前，被他抱坐在腿上。

她乖顺地蜷曲在他的怀抱里，呼吸轻轻浅浅的，像只流离失所的小猫。

苏远声垂眸看她，只觉得这样的韦清莫名地惹人怜惜。

"对不起，让你担心了。"

"没什么对不起的，"她轻轻摇头，闷闷地说，"这本来就是我的权利，也是义务。"

他豁达地笑了笑："被你这么一说，我反倒觉得受伤也不是什么坏事了。"

"那也不许再受伤，你现在就给我保证！"她越想越觉得恼怒，干脆不等苏远声回答，又赌气似的自顾自说下去，"算了算了，你还是别保证了，反正也做不到。"

苏远声的确做不到，因而无言以对。

他只能无力地重复那三个字："对不起……"

韦清被他念叨得烦了,反而不愿再计较这些有的没的。

她抬头看着他,大义凛然地说:"不要再说'对不起'了,路是我自己选的,将来不管是死是活,我都心甘情愿陪你到底!"

苏远声认真地和她对视了好一阵子,然后不知想到什么,忽然就低低地笑起来。

"这话很好笑?"

"不是。"

"那你笑什么?"

"我是觉得接下来要发生的事情,很好笑。"

韦清傻傻地反问:"接下来?"

远声但笑不语,决定用实际行动告诉她答案。

3

后来,事情的发展和韦清想象中的不太一样。

她被苏远声那副人畜无害的模样给欺骗了,还以为他要给她点甜头。

可谁能想到,他竟然二话不说就开始换着法子使唤她,俨然把她当成了总裁小秘书,或者别墅小仆人。

苏二少爷说:"我口渴了,帮我倒杯水吧。"

韦清扬眉反问:"你为什么不自己去倒?"

苏二少爷于是拧起眉头,自怨自艾地低语:"清儿……你说,这伤口怎么会突然之间这么痛呢?"

"……你真是够了!"韦清咬牙切齿,拂袖而去。

半分钟后,她又很没出息地回来了,手里还多了一杯不烫不凉的温开水,以及不知从什么地方翻出来的尚未拆封的小饼干。

这要吃有吃的日子,苏二少爷表示很满意。然而,这绝对不是全部!

解决了最基本的温饱问题之后,接下来,就要着手满足一下心灵层面的需求。

比如说,他那间歇性发作的洁癖。

"这身衣服都两天没换了,今天还沾了不少的血迹,简直脏得令人发指。"

韦清双手叉腰,居高临下地睨了他一眼:"所以呢?"

他抬起头来直直地和她对视,无辜地反问:"我说得还不够直白吗?"

韦清故意装疯卖傻,没好气地甩给他两个字:"不够!"

结果,他就真的一秒钟都没犹豫,立刻厚颜无耻地"直白"给她看……

"你扶我去浴室,帮我换身衣服吧。"

可怜的韦清,已经被这位活祖宗折腾得没什么脾气了。

她扶他从沙发上起身,边走边问:"为什么非得先去浴室,就在这里不能换吗?"

"不先洗澡怎么行?我可不想把干净的衣服弄脏。"他说得理所当然,仿佛这是每个人都应该明白的基本常识。

"……"韦清愣了几秒钟,终于意识到哪里不对,"所以苏二少爷的意思是，我还得负责给你洗澡？"

苏远声朗声一笑，不答反问："清儿，你知道我最喜欢你什么吗？"

"什么？"她不懂，他为什么突然转移话题了？

"我最喜欢你'一点就通'，都不用我多说，你就明白我是什么意思。"

韦清这才恍然大悟——指望他主动"转移话题"，还真是痴人说梦啊……

浴室设在别墅一楼的西南角，空间算不上十分敞阔，但却整洁而温馨。

墙壁是由浅色瓷砖铺就而成的，瓷砖上有典雅的暗纹，在壁灯的柔和光线下，显得矜持而古远。一道精致的屏风横亘在浴缸和盥洗池之间，将有限空间划分得井井有条。

韦清扶他在浴缸边缘坐下来，语气慎重地说："你伤口千万不能沾水，不然会感染发炎的。"

"嗯，不沾水……"苏远声点了点头，一本正经地跟她开玩笑，"所以是准备'干洗'吗？"

韦清瞪了他一眼："还有心情胡闹，看样子一时半会儿死不了。"

他却不知收敛，反而顺着她话里的意思，继续调侃道："现在的确是活蹦乱跳的。不过，等会儿被你'干洗'之后，就不知道还活不活得成了。"

"你再这么胡扯，我可真要生气了。"韦清退开半步，定定地看着他，半点开玩笑的意思也没有。

苏远声发现苗头不对，立刻适可而止，连声应道："我再不乱说就是了，都听你的。"

韦清听他这样说，脸色才算是有所缓和。

"先把 T 恤脱掉吧……"她有些害羞，脸颊泛起浅淡的嫣红，声音又轻又温柔，"你不方便淋浴，我拿热毛巾帮你擦擦身上。"

"好。"就这么一个字的工夫，苏远声已经手麻脚利地脱掉了上衣，和刚才那个拖沓娇贵的大少爷判若两人。

韦清哑然，禁不住在心里默默感叹——

瞧瞧这雷厉风行的架势，这才是雇佣兵的做派啊！之前"苏二少爷"什么的，果然是故意装出来，欺骗无辜少女的……

她想挤兑他几句，可是话到了嘴边，又被生生地咽了回去。与之一起收回的，还有她落在他身上的视线。

韦清早就知道这个男人身材好，却不知道竟然好到这种地步。

这些年，他从数不清的风雨征战中闯荡过来，历经常人无法体会的痛苦，才练就如此完美匀称的倒三角身材。

紧实的胸肌，强而有力的臂膀，轮廓分明的八块腹肌，以及若隐若现的人鱼线……

这是属于雇佣兵的体魄，带着男人最原始的野性和蓬勃，令人为之疯狂。

韦清真怕自己再多看他几眼，就会不争气地扑过去亲吻这个魅力十足的男人。她仓皇地移开视线，像个落败的逃兵。

什么理智,什么矜持,都在他面前败得一塌糊涂。

韦清这些细微的小动作,全都没能逃过苏远声的眼睛。

他瞧着有趣,便故意逗她:"躲什么?又不是没看过。"

"我什么时候看过?"

"在你公寓里,偷看我洗澡的不是你是谁?"

韦清被他一句话给噎住,半天没言语。

她下意识地回忆当时的场景,只记得两人之间隔着厚厚的磨砂玻璃门,而她根本就没看到什么不该看的画面,只隐约瞧见他的轮廓而已……

仅仅是这样,难道也算是偷看他洗澡?

这么一想,韦清便又理直气壮起来,振振有词地反驳说:"这是赤裸裸的诬陷!你根本没有证据!"

苏远声听了这话,脸上的笑容却比刚才又明显了几分。

"所以你的意思是说——你的确是偷看了,只可惜,我没留下什么证据。"

他故意歪解她的意思,不仅如此,还大言不惭地承认了自己的心机:"本来我只想试探你一下,没想到,你竟然这么痛快就承认了。"

几句话说完,他便默默看着她,饶有兴致地等待她的反应。

可是,她还能有什么反应?

她满脑子只剩下"中计了"三个大字!

韦清懊恼得脸都红了,巴不得能找个地缝钻进去。

她忍不住在心里一遍又一遍地数落自己——兵不厌诈啊，兵不厌诈！这么简单的道理，连书呆子都知道！可她呢？她怎么就这么天真呢……

温热的毛巾落在皮肤上，带着妥帖舒缓的温度，柔软而温存。

韦清虽然没有撂挑子走人，但还是不甘心就这么被他欺负。

帮他擦背的时候，她故意加大了力度，只是依旧小心避开伤处，怕真的弄痛了他。

这个女人，脾气上来的时候就像个奓了毛的猫，故意使坏，也说不清是为了报复还是为了引起主人的格外注意。

对于韦清的这个特点，苏远声从很多年前就深有体会。

以前他们刚刚在一起的时候，韦清比现在内向得多。

然而，寡言少语并不等于没有脾气，尤其那时候初初相爱，很多小事她都会往心里去。

比如有一次，他好心带她去梧桐路买冰激凌，不巧赶上那天铺子没开，她竟然站在大街上就哭了出来。

那是他第一次看到她的眼泪，也是他第一次体会到"手足无措"是什么感觉。

苏远声一直觉得韦清是他见过的所有姑娘里最坚强的一个，不管生活在她身上施加多少苦难，她都能平和地面对。

然而就是这么一个宠辱不惊的女生，心底竟然还保有一份天真，可以为了一个冰激凌哭上那么一场。这样的韦清，莫名令人觉得珍贵，并且打心底里想要好好怜惜。

可那时候，苏远声只是个懵懂少年。他还不懂得应该怎么去安慰她，甚至脑筋短路，连个最基本的拥抱都忘了给她。

韦清可怜兮兮地哭了有一会儿，才发现他一直傻站在那里不动。于是，她凑过去主动抱住他，鼻涕眼泪一起往衣襟上蹭，直到那件价格不菲的POLO衫彻底报销了才算满足。

从梧桐路回去的路上，苏远声买了各式各样的甜品给她，总算换来了美人一笑。

后来隔了好几天，韦清才用软糯糯的语调，向他说了这样一番话——

"远声，你可能不知道我为什么会突然为了一个冰激凌流眼泪。

"我在岚城生活了这么久，却从来都没有来过梧桐路这么远的地方。

"那天下午，我放心地把自己交到你手上，甚至把这当成我的第一场旅行。

"我跟着你转了三趟公交车，又走了一个多小时，好不容易才找到了你说的冰激凌店，可是它竟然关门了……

"真的，那一瞬间我觉得旅行的意义都落空了，就好委屈。"

苏远声哭笑不得，想说她实在有些小题大做。可转念一想，又觉得这样的小题大做，其实也蛮可爱的。

到底是情人眼里出西施，自己的小女朋友，连矫情都是美的。

小女人的媚态与任性似乎已经写进了韦清的骨子里，可与此同时，她却又很懂得拿捏分寸。发脾气也好，耍赖也罢，向来都只到无伤大雅的程度，从不过分骄纵。

几年前，苏远声还在岚城过着富庶无忧的日子。

他曾经不止一次和朋友聊起韦清。

很多人都忍不住好奇，问过他这样一个问题："这姑娘到底有什么通天本事？竟然能把我们油盐不进的苏二少迷得神魂颠倒的。"

对此，他给过一个统一而且标准的答案："清儿很会撒娇，又不撒泼。单从这一点来说，她就已经很令人欲罢不能了。"

这无疑是实话，不仅从前是，就算拿到八年以后的今天，也依然是。

4

苏远声从渺远的回忆里收回思绪，才发现韦清仍然拿着毛巾，在他背上一下一下地努力"报仇"。他不知怎么就来了兴致，想逗一逗她。

"清儿，你还可以更用力一点。"

"如你所愿！"

他憋着笑，故意含混地说："嗯，这样才舒服。"

"……"单纯如她，直到这时才发现自己又被这个无耻的男人给调戏了！

韦清停下手里的动作，二话没说就把毛巾往旁边随手一扔，作势就要走。

苏远声眼疾手快，没等她迈开步子就把她拖回来，顺势抱在了怀里。

"不准走,哪有你这样的?只管 A 面,不管 B 面。"

"管你 A 面,已经算是便宜了你!"

"便宜送到底,送佛送上西。半途而废可不符合你的作风。"

那么,什么才符合她的作风呢?

韦清本来是想这样问的。只不过,她琢磨了一圈,又把这话给咽了回去。

反正不用问也知道,他肯定不会好好回答,反而要趁着这个机会继续调戏她。

遇到苏远声这样的男人,算她时运不济。而她此生唯一能做的,就是老老实实地扮演一颗大头蒜——认栽。

韦清微微垂着双眸,乖顺地继续替他擦拭上身,俨然一副认命的样子。

不知不觉间,她的动作已经从背后绕到了胸前。

毛巾一下接一下地触碰着苏远声的胸口,触感柔软而潮湿。与之一同落在他肌肤上的,是她纤细微凉的指尖。

苏远声默不作声地低头打量她,心里像被什么东西轻挠了一下似的,悸动莫名。他下意识地绷紧了浑身的肌肉,胸肌和腰腹的线条便更显得健硕分明,落在韦清眼中,几乎令她血脉贲张。

他在紧张,这个他自己心知肚明。可他不知道的是——此时此刻,觉得紧张的绝对不只是他一人。

韦清小心翼翼地调整着自己的呼吸,生怕一不留神,如鼓如雷的心跳就会出卖她内心的渴望。

是的,她渴望属于苏远声的一切,从很多年前,便开始了那样热烈的渴望,并且至今不移。

她试着努力了很多次,可是一点用都没有。不论怎样,她就是没办法将视线从他身上移开,甚至一秒钟都舍不得。

热水放得久了,浴室里逐渐被氤氲水汽笼罩。

气氛微妙得不可思议,整个世界仿佛都陷入朦胧而暧昧的景色里。

韦清和苏远声谁都没有率先开口,彼此沉默着,任由欲望在心底不断堆砌。

也不知是刻意为之还是无心之举,后来的某一瞬间,她的指尖竟从他胸前的粉色轻划而过。

细微的动作,却比最烈的炸弹更具杀伤力。

就在那一刹那,所有矜持都功亏一篑,所有理智都分崩离析!

"清儿,你这是要逼疯我……"他的声音低哑而富有磁性,带着情欲翻涌的意味。

韦清什么都没说,只是抬头静静凝望他的眼睛。

她的目光温软而湿漉,落在苏远声的心坎上,成了一种无言的鼓励。

他再也无法压抑心中暗涌的最原始的冲动,猛然用力将她带到怀里,低头狠狠地压住了她的嘴唇!

辗转亲吻,温柔之中暗藏着报复性的霸道与凶狠。

他就像一头饥饿已久的野兽，近乎肆虐地确认着猎物的存在。一边确认，一边放任自己深陷其中。

他的气息紧紧萦绕在她的周围，犹如大西洋最深处的海水，温柔亲密，却带着最深重的压迫感，誓要抽离她身体中所剩无几的氧气。

不知是不是错觉，韦清觉得自己下一秒就要窒息，在他的亲吻中，心甘情愿地溺水而亡。

她不知道这个吻究竟持续了多长时间，只知道，当他终于放开她时，久违的空气猝然从四面八方袭来，竟然令她凭空生出一种无所适从的感觉。

她软软地倚在他的肩头，声音小小地呢喃着："远声，我……"

事实上，韦清此刻头脑一片混乱，根本不晓得自己想说什么。

可也不知怎的，那张刚刚被他吻得俏粉嫣红的嘴巴，却擅自替她做出了决定。

"我……想要……"

"想要什么，嗯？"

"……你。"

只要是个男人，恐怕都受不了这样的诱惑！

在这个娇艳欲滴的小女人面前，什么枪伤，什么疲倦，都已经变得不值一提。

苏远声打横将她抱起，二话不说，立刻朝二楼主卧走去……

再醒来时，窗外已经夜色深深。

韦清枕着他的臂弯，透过窗帘的缝隙，遥遥凝视夜空中星辰点点，梢头月落。

身侧的男人仍在熟睡，呼吸绵长而均匀，令人莫名觉得心安。

她默默地收回视线，转过头来与他面对面，仔细打量眼前这张英俊的脸庞，情不自禁，就想起了他们赤诚相对的种种细节。

这是她第一次，将自己完完全全地交给一个男人，生涩却又大胆。

他将她的双手紧紧扣在两侧，埋头在她的颈窝，从香肩亲吻到锁骨，再贪恋地一路向下……

不知为何，她在某一瞬间，恍然就想起了很多年前的夏天。

那个寻常的下午，他牵着她的手，再次去到梧桐路。

他们终于买到了心心念念许久的冰激凌，可她却一时开心忘形，还没开始吃，就将自己的那个掉在了地上。

委屈的情绪在胸腔里爆发开来，眼看着又要酝酿成不争气的眼泪。

却在这时，苏远声将自己手里的冰激凌递到了她的面前。

"清儿已经是大小孩儿了，不许再为一个冰激凌掉眼泪了。听话，好不好？"他温声软语地哄她，像在哄一个不谙世事的小女孩。

明知他是故意装的，可她还是被他的模样逗笑了。

"我又不是小孩子了。"她撒娇似的嘀咕了一句，话音未落，就从他手里接过冰激凌，慎而又慎地舔了一口。

香草的清甜味道从舌尖一直沁润到心脾深处，那种夏日微凉的美妙触感，悄悄地落在青春的记忆里，一不小心就被她铭记了这么多年。

　　彼时，苏远声好笑地看着她，轻声说："头一次看到你吃东西这么小心翼翼。"

　　韦清不想解释，只扔给他三个字："你不懂。"

　　是啊，粗枝大叶的男孩子，又怎会明白她心中所珍藏的到底是什么呢？

　　她永远都不会告诉他，其实真正令她那样小心翼翼的，并不是一个小小的冰激凌，而是他给予的漫漫宠爱。

　　后来他说："清儿，我下辈子真想投胎成冰激凌，最好……就是你手里的那个。"

　　她一开始未解其意，等到反应过来，瞬间便羞红了脸颊。

　　也就是从那时候开始，她对他多了几分遐想，也多了几分不为外人道的男女情愫。

　　如今，她终于可以在彼此最亲密的时候，一寸一寸地品尝他的肌肤，在他耳畔轻轻呵气，呢喃说："远声，如你所愿……"

　　温柔入骨，生死相依。

　　至此，被八年时间分隔两半的爱情，终于融回了原处。

第五章 遗失的鲸鲨之吻

1

西郊别墅虽远离闹市,但终究不是遗世独立的桃花源。

与世无争的日子只过了短暂的两天。他们甚至连冰箱里存储的食物都还没来得及吃完,冤家就已经找上门来了。

敲门声响起时,外面的天气正阴沉得可怕。

"我去开门。"

"我跟你一起。"

话音未落,韦清已站起身来,跟在苏远声后面,由餐厅走向门口。

站在门外的是个金发碧眼的女人,肤白貌美,身材高挑,有一张很典型的混血面孔。

韦清躲在苏远声的身后,默默地朝四周看了看。除了眼前这个混血女人外，周围似乎没有其他的人了。确认这一点，她才算是稍稍松了一口气。

"不打算请我进去坐坐吗？"混血女人说的是中文，带一点香港口音。

苏远声沉默着，一时没有搭腔。

她倒也不觉得尴尬，挑了挑眉，轻笑着反问："怎么，很诧异我能找到你这藏娇金屋？"

苏远声摇摇头，这才迟迟开口："我只是没想到，你竟然会亲自过来。"

"别这么缺乏想象力。宝贝，你明知道，我一直最重视你。"说话的工夫，她已经踩着十厘米的高跟鞋，"噔噔噔"地进了门。

韦清虽然没发一言，但她回头望了望那个不请自入的女人，心里也算是明白了大概——不用猜也知道，这个混血女人就是雇佣军团的幕后老板——V。

"你就是韦清？"

这是 V 在客厅沙发上落座以后，张口说的第一句话。轻描淡写的一句反问，话里话外，净是明目张胆的轻蔑和不屑。

韦清没有理会她的挑衅，只是以一种不卑不亢的姿态，站在不远处打量着她。

苏远声在 V 的对面坐下来，开门见山地问："你亲自跑这一趟，肯定不是来杀人的。说吧，有什么事？"

"有个很重要的任务，我想来想去，也只能交给你。"V 讲话语速很慢，悠闲之中透着一股令人生畏的高傲，"只要这一次你不让我失望，之前的事情，我就不再追究。"

苏远声犹豫片刻，用眼神示意韦清先去二楼避一避。

不料，V却在这时淡淡地开口："她不需要回避，因为这个任务也有她一份。"

韦清本来打算上楼，此刻顿住脚步，回头默默地望着苏远声，等他拿主意。

视线短暂交汇，她便立刻明白了他的意思——和V打交道，躲是没有用的。既然如此，那就留下来面对。

韦清在苏远声身旁落座，当然，也只是规规矩矩地坐在那里而已。

虽然她才是他如假包换的正牌女友，然而适当的收敛总归是有益无害的。

关于面前这个混血女人究竟有多么心狠手辣，韦清其实早有耳闻。假若此刻，她真的不识时务，故意在V面前秀亲密，那么最后倒大霉的无疑是她。

为逞一时之快而得罪雇佣兵团的幕后一把手？像这样的蠢事，韦清是绝不会做的。

对于韦清的这点觉悟，V显然觉得十分受用。

正因为如此，V才没有继续做什么无谓的挑衅，转而开诚布公地谈起了正事。

"根据最新的定位消息显示,'鲸鲨之吻'就在岚城附近的海域里。"

苏远声闻言,不由得挑眉反问:"确定这次是真的?"对于这件事,他始终持怀疑态度。

"话不能说得太满,但这一次,至少有九成的把握。"

韦清听不懂他们在谈论什么,因而自觉保持沉默。苏远声有意无意地望了她一眼,很明显,也没打算在这个节骨眼上作出解释。

他很快将视线从韦清的脸上移开,又看向对面的V。

"具体位置呢?"苏远声问。

"岚城以西的清谷海峡,峡底有一艘沉船。'鲸鲨之吻'就在沉船走廊尽头的一个长方形匣子里。沉船坐标稍后我发给你。"

"任务时间?"

"最多十五天。"

"我考虑一下,明天给你答复。"

"宝贝,明天太迟了。"V从沙发上站起身来,姿态从容,笑意妩媚。

不等苏远声搭腔,她又自顾自地说下去。

"这屋子里实在有点闷,我出去透透气,大概一小时后回来。"说这话的同时,她已将一份名单递到了苏远声的手上,"这份名单意味着什么,应该没有人比你更清楚。你们先商量一下,等我回来,给我一个最终答案。"

留下这样一番话,V便心满意足地往门口走去。

临出门,她还不忘回头向苏远声抛来一个媚眼。回眸一瞥,杀意十足。

别墅里只剩下韦清和苏远声两个人。

韦清这才看向苏远声，问道："你们刚才说的'鲸鲨之吻'，究竟是什么？"

"一串项链，确切地说，是一串消失多年的顶级血钻项链。"

"看样子……又是有钱也买不到的那种？"

"没错。"苏远声耐心地解释道，"珠宝圈子里赫赫有名的'鲸鲨之吻'，其实是前F国第一夫人夏维尔的遗物。据传闻，这是当年国王送给夏维尔夫人的定情信物。除了F国皇室的贵族，很少有人见过它的真正面貌。不过所有人都知道，这串项链价值连城，能将它弄到手，也算是身份的象征。"

韦清仍然有些不解，便继续追问："可是，这么贵重的东西，怎么会出现在岚城呢？而且，还是在那片公共海峡里……"

"虽然历史上所有的记载都统一口径，声称'夏维尔罹患重病，于1952年在F国皇宫安详离世'，但真相往往和历史不同。"

"真相是什么呢？"

苏远声沉默片刻，语气有些沉重："没有人知道真相究竟是什么，但至少，她的尸骨并没有躺在那座皇宫里，而是在三年之后，在岚城附近的海域里打捞出来的。"

韦清不禁讶然，喃喃感慨道："竟然是这样，难怪'鲸鲨之吻'会出现在清谷海峡的沉船里……"

"关于这串项链，之前一直有各种各样的假消息放出来，就连

V这么精明的人,也被骗了不止一次。"他拧着眉头沉吟半晌,末了,还是郑重地说出自己的判断,"不过这一次,V判断得没错。就像她说的,项链就在那艘沉船的走廊尽头,一个长方形的匣子里。"

"你怎么知道?"她不解其意。

苏远声有些苦涩地笑了,声音低哑地说:"要是说起'定位系统',V的那套装备可远远比不过我的。"

韦清一时愣在那里,竟不知该说些什么才好。

究竟是哪里没有衔接上呢?为什么他解释得越多,她反而越觉得茫然⋯⋯

苏远声看出她的困惑,于是轻轻地叹了口气,伸出手臂将她抱在怀里。

"清儿,我是不是从来都没跟你说过,"他的语气很淡,仿佛在说什么与己无关的事情,"V手下有那么多顶尖的雇佣兵,她为什么偏偏看重我。还有,刚才她为什么说——这个任务只有我能接。"

韦清依偎在他胸口,一下一下数着他的心跳声,静静等待下文。

"每个雇佣兵都有自己的专长,就像之前跟你说过的,洋子擅长身份伪装。"

她适时地追问:"那你呢,你擅长什么?"

"我擅长回声定位。"

"回声定位?"韦清浅浅地皱起了眉头,显然有点理解不了,"是用什么仪器,或者有什么特殊的办法吗?"

"不用仪器,因为我就是仪器;也不需要什么办法,因为这对我来说，早已经是一种本能。"

好端端的一个男人，怎么就成了回声定位仪呢？

这显然超出了韦清的认知范围，以至于她哑口无言，只觉得脑海里混混沌沌的。

他将她抱得更紧，声音比刚才喑哑了几分，仿佛藏着难以启齿的苦涩。

"其实人类也会对电磁场有所感应，这是生物本能。但是，大多人对这种感应并不敏感，可我不一样。"他闭了闭眼，还是强迫自己对她坦白，"说是直觉也好，第六感也罢，总之，我能感知到微弱的电磁波动，并且靠这个定位出'鲸鲨之吻'的位置。"

明明是很卓绝的本领，可也不知为什么，他这样讲出来，就是令她莫名地心疼。

韦清还没想到应该如何回应他的坦诚，就听到苏远声又自顾自地说："清儿，你知道吗？很多时候，我都觉得自己是个怪物。而V恰巧需要我这样的怪物，帮她寻找那些稀奇古怪的珍宝。"

她紧紧环住他的腰，温柔却坚定地说："远声，你应该为自己骄傲的。"

他低叹一声："你会为这样的我骄傲吗？"

"我当然会。"她一字一句地回答。

"为什么？"

韦清不答反问："你知道我为什么潜水吗？"

他还是问："为什么？"

"因为我深爱那些生活在海洋深处的生物。

"它们终其一生都见不到阳光,看不清周围的一切,只能与恒久不变的海水和黑暗做伴。

"可是远声,你知道吗?这些深海生物,却依靠它们最原始的生物本能,勇敢地生存在那样孤单的世界里。

"鲸鲨也好,海豚也好,这些美好的生物都和你一样,懂得感受自然的一切,令我痴迷。"

他拥抱着她,安静地听她说完,而后许久无言。

感动如潮水涌来,一点一点弥漫心头,令人无法自拔。

苏远声发誓,她刚才说的每一个字,都是他这辈子听过的最动听的情话。

2

再开口时,苏远声只觉得心里满是无奈,不由得叹了口气。

"清儿,我躲你这么多年,就是怕有一天,你也被我拖下水,不得不接受这些见不得人的任务。"

"这是我自己的选择。"她的语气淡然而坚持,"别说是下水,你就算是下地狱,我也愿意跟着。"

他苦笑着说:"离地狱也确实不远了。"

韦清握了握他的手,仿佛是在无言地鼓励。

她垂眸想了一会儿,又抬头看向他,问道:"那现在怎么办,眼下这个任务,你打算接吗?"

"想不接恐怕也没有退路了。"

"为什么这么说?"

"V这人从来不做没把握的事,她既然敢来这里找我,手里必定攥着足够的筹码。"

"比如呢?"

远声半晌没有回答,只是低头把玩手里那张写满字迹的便笺纸,眉目凝重,若有所思。

便笺纸是折叠起来的,他并没有打开,而是直接递给了韦清。

"比如,这些人的命。"他如是说。

韦清从他手里接过这份"死亡黑名单",将信将疑地打开,指尖不由自主地轻轻颤抖。

巴掌大的纸张上,写了不下二十个名字。只消看上一眼,便足够令人胆战心惊。

没猜错的话,第一排记录的是苏远声的战友。在这些陌生的名字里,只有一个人是她认识的,那就是一路被人追杀的佐藤洋子。

第二排应该是苏远声的家人,因为所有人都清一色的姓"苏"。首当其冲的苏远林,曾与韦清有过一面之缘。她记得,这个人是苏远声同父异母的大哥,也是苏家产业名正言顺的第一继承人。

视线继续下移,当她看到第三排的名字时,整个人都陷入巨大的恐慌之中!

她腾地从沙发上站起身来,情绪激动地冲苏远声喊道:"怎么会这样!为什么这上面还有楚凌和付刚?还有孤儿院的徐院长和青藤老师,还有我……"

质问戛然而止,韦清已不敢再继续说下去。她紧紧咬着下唇,唇色苍白得一塌糊涂,犹如染了一场恶疾。

苏远声抬头望着她,眸光深沉而悲悯。

他虽于心不忍,但还是一语中的:"没错,还有你的师父,小野栗源。"

惊惶,失措,不可置信。

再多的词语都不足以形容韦清头脑中的混乱无章。

浑身的力气仿佛都在这一瞬间被抽空了,她颓然跌坐在沙发上,下意识地反复呢喃:"不!不可能的,这不可能……"

苏远声靠近她,伸出双臂将她拥入怀中,却笨拙得连一句安慰的话都说不出口。

说什么呢?实话都会令她更加痛苦,可他不想骗她。

韦清没了刚才的气势,声音低低地问:"这个并不是吓唬人的,而是真正的威胁,是不是?"

他回答说:"是。"

"那个女魔头是不是一直都这样?为达目的不择手段。"

他只能继续回答:"是。"

她又问:"如果你接了这个任务,是不是这些人就能活下来?"

可这一次,答案却与刚才不同:"不是……"

还没等他说完,她就急不可耐地打断了他的话:"为什么不?你都答应替她找到'鲸鲨之吻',她还想要你怎样?"

"清儿,你听我说完。"他微蹙着眉,语气低沉,"V这次过来,找的不单单是我,而是我们两个人。"

"你的意思是,需要我也一起下潜?"她有些迟疑地反问。

苏远声点头答道:"没错,这件事情非得有你参与不可。"

"……理由呢?"

"沉船走廊两侧应该堆满了杂物,容人通过的空间并不宽裕。"他条分缕析地向她说明情况,"我穿上水肺装备,估计很难潜到走廊的尽头。而且不管怎么说,自由潜水总归比水肺灵活很多。

"我究竟能不能完成这样的任务,连我自己都没有十成把握,V又怎么会知道呢?"

"日本的'海女'流传了这么多年,终究不是浪得虚名的。"

他顿了顿,还是决定告诉她实情:"而且,V调查过你的背景,甚至还针对你和楚凌的优劣势分析,给出过十分详细的报告。她选择你,我想应该有她的理由。"

韦清一时哑然,竟无言以对。

七年前,韦清在岚城寻不到苏远声,绝望之下远赴日本,无意中与海女结下不解之缘。

也就是那时候,小野栗源收她为徒,将自由潜水的古老秘密传授给她,并且带她深入海洋,悉心感受自然给予人类的包容与平和。

若论自由潜水技术,在整个岚城的确无人能出其右,就连她的潜伴楚凌也要略逊一筹。而谈及对海洋的挚爱与领悟,韦清更是潜水圈子里为数不多的佼佼者之一。

她从没想过,有朝一日,师父教给她的一切竟会被人利用,以此杀烧抢掠。

道理她都懂,可她就是咽不过这口气。

"这女魔头想得还真美!我又不是她的人,凭什么替她做事?"

苏远声轻不可闻地叹息一声,复又开口说道:"清儿,难道你到现在还以为,你手上这份名单是用来威胁我的吗?"

她虽然心知肚明,却不愿亲口承认,于是挑眉反问:"不然呢?"

"就算我不说,你心里其实也一清二楚。"

韦清仍旧不开口,他索性和盘托出:"所有这些,都是写给你看的。如果是为了威胁我,她只要写两个字就足够了。"

因为全世界都知道,他苏远声是个冷血绝情的人。

他从来不在乎别人的死活,甚至连自己的性命也可以弃之不顾。

可是,他这辈子再怎么颠沛流离,却无论如何也绕不出"韦清"二字。

就像他曾对佐藤洋子说的——他可以为很多人而死,却只甘心为她一人而活。

苏远声的一番话,犹如一颗威力无穷的狙击子弹,瞬间便狠狠击中了她的内心。

"我承认,我斗不过她。就算心里有一百个不情愿,我也不可能眼睁睁看着那么多人为我而死。"

韦清的声音极轻极低,柔弱之外,还有不言而喻的懊恼和颓败。

她从小就知道生活不易，也知道命运无常。

可直到今天，她才彻底明白——原来对于弱势之人，命运总不介意将玩笑开得更大一点，以此来取悦那些只手遮天、覆手为雨的强者。

在V的面前，她渺小如蝼蚁，因而，连最基本的选择权都没有。她没有反抗的余地，只能任人鱼肉，直至沦为笑柄。

3

窗外乌云阴翳，也不知何时，突然就下起了淅淅沥沥的雨。

漫长的一个小时终于过去，敲门声准时响起，韦清和苏远声对视一眼，一起过去开门。

一阵冷风猝不及防地灌进别墅里，夹杂着斜斜冲撞的雨滴，显得呼啸肃杀。偏是这样的风雨里，蕴藏着夏日泥土与树木的芳香，沁润人的五脏六腑，满满皆是违和感。

金发碧眼的混血女人又出现在他们面前，眸色清冷，孑然而立。

她没有打伞，可是身上却连半个雨点都没沾上。

韦清这才后知后觉地意识到——V断然不会以身涉险，她绝对不是一个人来西郊的。

当然，这也没什么好惊讶的。不管怎么说，V毕竟是在灰色地带混迹多年的雇佣兵团一把手。像这样的女人，又怎么可能连最起码的防范意识都没有呢？

有那么一瞬间，韦清竟然不觉得畏惧，反而很荒唐地感受到一股浓烈的醋意。

她突然就很介意苏远声与那两个女人之间的种种。

佐藤洋子既能帮苏远声伪造身份，又长了一张清秀的脸，无疑是贤内助。然而与V相比，洋子根本就拿不上台面。

没有人能否认，V的确很美。上天赐予她一张天使般的面孔，与此同时，又赐予她蛇蝎般的心肠，还有与之匹敌的果敢和洒脱……

这个女人既狠毒又优雅，既令人畏惧，又令人难逃蛊惑。

韦清越琢磨心里越不是滋味，索性移开视线不再看她。

三人僵持半晌，V依旧站在原地，丝毫没有要进门的意思。

V率先开口，望着苏远声，从容不迫地说："宝贝，现在，让我知道你的选择。"

"你只给了一个选项，所以，如你所愿。"

"很好。"她的语气十分肃然，脸上的笑容却格外轻佻，"那么，别让我失望。十五天后，带着'鲸鲨之吻'来见我。"

苏远声什么都没说，但眼神森冷，明明白白是送客的意思。

V很懂得见好就收，于是主动退了一步，巧言笑道："好了，我就不耽误你们叙旧了。祝两位……雨夜愉快。"

最后这四个字，她是以一种幸灾乐祸的语气，专门对韦清说的。

别墅里又恢复了之前的寂静，仿佛V从未出现过，而这里依旧是避世桃源。

缄默良久,韦清才开口打破这难熬的静默。

"我们是回市区,还是继续留在这里?"其实话刚说出口,她心里就已经有了答案。

果不其然,苏远声也和她想到了一处。

他几乎没有片刻犹豫,当即回答说:"已经没必要躲在这里了。等会儿收拾东西,明天一早就回市里。"

"先住在我的公寓?"

"好。"

韦清点点头:"那我这就开始整理行李。"

话音还没落下,她已经从沙发上站了起来,有如刻意逃离。

然而,远声并没有给她逃走的机会。

他反手握住她纤弱的手腕,稍一用力,又将她带回到怀里。

温热的呼吸喷洒在她的耳畔,他埋头在她的颈窝之间,喃喃低语:"不着急,让我抱会儿你。"

她没有挣扎,只是乖顺地与他相拥,安静感受他的疲倦与心酸。

苏远声心中苦涩,不由得将她抱得更紧。

他早已习惯了身不由己的日子,可他不想有那么一天,韦清也对这样的颠沛流离习以为常。如果可以,他甚至愿意用自己的命,换她一生安稳无忧。

可惜,事与愿违。

他的韦清,终究还是与他手牵着手,一同踏上了这条昏暗无光的不归路。

远声很想说点儿什么,可是除了"对不起"三个字,他实在想不出更加合适的言辞。

记得很多年以前,韦清就总是念叨,不让他随随便便就说"对不起"。所以此刻,他只能保持沉默,不敢让她听到自己心中的歉疚。

在某个静谧莫名的瞬间,韦清忽然觉得,"爱"其实是很有灵性的事情。

因为彼此深爱,所以息息相关。因为息息相关,所以,她能对他难言的痛苦感同身受。

虽然苏远声什么都没有说,可韦清却仿佛听到了一切,包括这些年来他曾说过的每一句话,还有这些年来,他始终压抑心底、从未言说的爱与孤单。

"没事的,远声,我会一直陪着你。相信我,一切都会好起来。"

她安慰着他,也安慰着自己。

给他勇气,也给自己前行的力量。

月色皎洁,山林间的夜晚十分凉爽,有温柔的微风不断吹拂而过。

雨水依旧淅淅沥沥,落在房檐上,发出细致而悦耳的声响。

韦清原以为自己会失眠,可实际上并没有。

许是接连几天东躲西藏令人心力交瘁,这个夜晚,她与苏远声相拥而眠,竟睡得格外安稳。

这个夜晚,她做了一个很漫长、也很真实的梦。

梦里,她和远声一起回到了八年前。

那是他们长久分别前的最后一个傍晚。

彼时恰逢仲夏,路边的凤凰花开得格外灿烂。如火的花瓣与夏日夕阳一起,勾勒出炽烈而妖冶的美景。

她撒娇似的轻轻摇晃他的手臂,央求道:"远声,陪我去猫咖书店看看,好不好?"

猫咖书店号称是岚城最文艺的书店,那里有来来往往的年轻人,有飘香的咖啡和慵懒的爵士乐,有可以自由借阅的书籍。

总而言之,这间书店几乎拥有韦清向往的一切格调。

对于读书这件事,苏二少爷其实一直很挑剔。

他不喜欢和很多人挤在一起看书,因此,对猫咖这样的综合书店始终兴趣缺缺。

就像之前很多次一样,他宠溺地揉揉她的长发,温声哄道:"今天走了这么远的路,多辛苦啊。不如早点回去歇着,改天我再带你过去。到时候我们窝在书店里,宅一整个下午,怎么样?"

韦清被他这样拖延过很多次,说什么也不会再上当了。

"改天是哪天?"她依旧紧紧抱着他的手臂,说什么也不肯撒手,非得要问出个所以然来。

苏远声被她磨得没办法,只得迎难而上:"要不……下个周末?"

梦里的韦清，似是承载着属于未来的记忆，意识到他很快就要不辞而别。

她难过得落下眼泪，呜咽着说："不、不行的，你明天……就要走了。"

"乖，不哭了。"远声仿佛也知道离别在即，轻不可闻地叹息一声，对她说，"不管走到哪里，我最终还是要回到你身边的。"

"我知道，我知道你会回来……可我不想等到八年之后。"

这是梦里的最后一句对白。

从前的一幕重新上演，人群熙攘的街角，终究只剩下韦清一个人。

孤寂，绝望，凄凉。

她恍然明白，原来爱人的不告而别，确确实实是一场漫长而不可逆的痛楚。不管在梦里梦外，它都一样令人痛不欲生。

韦清在那个绝望的梦里，一直昏昏沉沉地睡到了天明。

再醒来时，天光已经大亮。明媚的阳光穿透斑驳的树林，洒落在浅金色的窗帘上，有种如梦似幻的美感。

苏远声不习惯久睡，因而很早就起来了。

他花一点时间仔细检查了一遍行李，然后亲自下厨，给韦清准备了几样清淡的早餐。

韦清穿着宽大的睡衣，站在二楼卧室的门口，睡眼惺忪地向楼下望去。

这是她第一次看到苏远声系围裙的样子,满满都是人间烟火的气息,令人想到寻常巷陌,日落长河。

远声听到她的脚步声,于是抬头对上她的视线,遥遥地问:"饿不饿?下来吃点东西。"

韦清点点头,沿着旋转楼梯走下来,在他身旁停住脚步。

"的确是饿了,昨晚上吃得很少。"

苏远声抿唇笑了笑,意有所指地说:"而且消耗很大。"

"……消耗?"韦清愣了半秒,才后知后觉地反应过来他指的是什么,"你、你这个流氓!"

他笑意更深,幽幽地反问:"我是说收拾行李很耗体力,你脑子里都在琢磨些什么?"

韦清佯装怒意瞪他一眼,到底还是没再接茬。反正每次都是这个结果,不管她有理没理,就是怎么也绕不过他。

她凑到灶台旁边,抻着脖子瞧了瞧,自然而然地转移话题。

"早餐怎么样了,可以开吃了吗?"

"做好了,就等你来端盘子了。"

"难道我是打工小妹吗?"

"不是吗?"话音落下,他当真往旁边让了让,给她留出足够的空间过去端盘子。

韦清无语问苍天,气鼓鼓地把清粥小菜一一端上餐桌,再看向他时,依旧一副委委屈屈的神情,活像受了气的小包子。

远声瞧着她俏皮的模样,心下觉得有趣,不由得隔着餐桌捏了捏她的脸蛋。

"你瞧瞧你，都已经是大孩子了，怎么还这么会撒娇？"

韦清不服气地反驳他："这怎么能叫'撒娇'呢！这叫'撒泼'，撒泼懂不懂？"

"好好好，你说撒泼就撒泼。"他故意哄她，笑容温柔得一塌糊涂。

她忽然就不说话了，埋头一口接一口地吃菜喝粥，也不知到底是在和谁赌气。

平静如常的清晨，就在你一言我一语中悄然度过。

直到出门前的最后一刻，韦清才意识到，原来闲话家常是一种很奢侈的幸福。

离开这栋别墅，他们将踏上危险的路途。没有人说得清明天会经历怎样的风雨考验，只能就这样牵住彼此的手，壮着胆子一步一步往下走。

苏远声回身锁上房门，将钥匙塞到登山包的暗格里，而后抬手摸了摸她柔软的头发。

"走吧，尽快回到市里安顿一下。"他的语气很严肃，没有半分玩笑的意思，"任务时间紧迫，今天下午就得开始训练。"

她乖乖地跟在他身后上车，却仍有些不解："训练什么？"

"这还用问？当然是潜水。"

"自由潜，还是水肺？"

"前者。"

"练你还是练我?"

他一边发动车子,一边理所当然地回答说:"练我们两个。"

这的确有些出乎她的意料。

韦清原以为他不会练习自由潜水,然而现在看来,似乎是她想错了。

可是,究竟为什么呢?

他不选择更为安全的水肺潜水,非要和她一起自由潜,难道仅仅是为了陪伴她吗?又或者,这其中有什么她不知道的秘密……

韦清若有所思地陷入沉默。虽然心中迷惑重重,可她底还是没有再追问下去。

4

黑色宾利疾驰上路,沿着来时那条蜿蜒崎岖的盘山路,辗转向山下驶去。

回去的路上,苏远声没怎么讲话。他稳稳地把握方向盘,留心观察着四周的路况。

韦清看了一会儿窗外的风景,觉得无聊,便又扭过头来欣赏他轮廓分明的侧脸。

嘴上虽然没说什么,可她其实一直在心里默默地犯花痴。

相比于平时嬉笑打趣,这个男人还是沉默的时候更有魅力。他虽然不发一言,然而举手投足间,尽是运筹帷幄的笃定,以及风轻云淡的从容。

真不愧是她爱的男人,他的确拥有足够的资本,值得女人为之神魂颠倒。

视线落在旁边的真皮靠椅上，韦清又看到之前留下的血迹。

心头一紧，她下意识地皱起了眉头，轻声问道："还疼吗？"

苏远声没反应过来，不答反问："什么？"

"背上的伤口。"

他这才了然，淡笑着回答："不碍事了。"

"那也尽量不要潜水。"

"海水可以消毒。"

"谁跟你讲的这个歪理？"

"怎么是歪理，盐水杀菌，这是小孩子都知道的常识。"

她叹了口气，有些无奈地说："远声，你能不能先别开玩笑？我很认真在跟你说。"

轿车行至街角，苏远声将方向盘打到最右，转过十字路口，就离韦清租住的公寓不远了。

最后这么一小段路程，他虽然没有像刚才那样继续胡闹，不过也没打算和她讨论什么正儿八经的话题。他知道她有话想问，可是，有些话并不适合在路上说。

沉默持续了将近一刻钟。

直到宾利轿车稳稳停在公寓门前，苏远声才迎上她的视线，神色郑重地问："清儿，你想问什么？"

"如果我说，我一个人也能找到'鲸鲨之吻'，你相信我吗？"

"你确实能做到，我相信。"

"那你为什么非要跟我一起去呢？"

"因为这本来就是我的任务，总不能被你独占功劳。"他故意歪曲她的意思，妄图将真实的答案掩藏起来。

可韦清不傻，在这件事上，她绝不允许他这么轻易就蒙混过关。

"远声，你可以固执，但我需要一个解释。"

他半晌没有回答，只是动作娴熟地拉起手刹，随手解开了安全带。

苏远声不言语，韦清也不催他，只是一眨不眨地凝视他，坚定地等待一个答案。

隔了许久，他终于再度开口，回应她刚才的质问。

"我既然决定这样做，必然是有理由的。但是清儿，我现在不能跟你说，这不单单是为了你好，也是为了我自己好。"

韦清没有说话，只是静静地听着。

于是，他便自顾自地说下去："你可以质疑我，但如果可以，我更希望你能相信我。不论如何，这一趟我必须得亲自去，而且必须甩掉水肺装备，就用和你一样的方式下潜。"

这样诚恳的语气，令人不忍心再多加责怪。

信任也好，怀疑也罢；良善也好，罪恶也罢。不管哪种假设最终成立，她都是要和他在一起的。既然如此，打破砂锅问到底也不过是庸人自扰，有百害而无一利。

想到这里，韦清低叹一声，不打算继续探究了。

"不要想那么多了，乖，下车回家了。"

韦清听话地点了点头，解开安全带，作势要去开门下车。

就在这时，她却不期然地看到了一张熟悉的面孔。只见那人从不远处朝这边走过来，最后停在副驾这边，扬手敲了敲车窗玻璃。

顾西离？他为什么会出现在这里……

第六章 海洋深处的牵绊

1

韦清还没缓过神来,苏远声已经抢先一步,开门下了车。

他步伐稳健,从车身前方绕过,走到顾西离面前停住了脚步。

韦清见状,也只好开门下车,在两个男人旁边站定身形。

顾西离压根没看苏远声一眼,视线一直落在韦清的脸上。

她自觉过意不去,于是讪然一笑,开口就先道歉:"顾老板,实在不好意思,前几天一时情急,没跟您打招呼就借用您的轿车……"

顾西离摇摇头,神色肃然地说:"车是小事,你怎么样,没事吧?"

"我没事。"韦清有意看了一眼身后的宾利轿车,然后又回头望向顾西离,诚恳说道,"原本打算明天一早亲自登门,把车还给您,想不到顾老板今天刚巧顺道从这里路过。那也就借这个机会，现在就物归原主吧。"

顾西离一言不发，只是眸色深深地盯着她看，眼里分明已有几分怒意。

他在想什么，其实韦清是知道的。

可她只能装糊涂，硬着头皮继续说些无关痛痒的场面话。

"对了，之前那批货款我就不收了，权当是给您赔个不是，还望顾老板别跟我计较。"

顾西离终于忍无可忍，冷声反问："韦清，咱们多少年的交情了，你就打算用这些话敷衍我？"

这话里话外的意思，就很值得探究一番了。

韦清正犹豫着不知如何应对，就听到苏远声适时开口，替她缓解了僵局。

"顾老板，您多担待，清儿不是有意冒犯。"苏远声说着，不动声色地看了韦清一眼，"她从小就是这么个习惯，喜欢就事论事，也确实不怎么讨喜。"话虽说得不够温柔，可他望向她的眼神里，却满满都是宠溺。

这样一来，亲疏远近立刻一目了然。

苏远声是个聪明人，顾西离当然也不傻。

一个在宣告主权，以过往种种作为较量的筹码；另一个则在无声权衡，以不变应万变。

两个男人暗中较劲了一阵子，末了，还是顾西离先开口打破了这令人郁结的沉默。

"明白人不说糊涂话，况且我是个生意人，也没有太多时间和你们打哑谜。"

这话正合了苏远声的意："那么，顾老板的意思是……"

"车我开走，货款照付。至于这几天你们借我的车，究竟去了哪里、做了什么……"

不等顾西离说完，韦清便打断了他的话："您不追究之前的事，接受我的道歉，我就已经感激不尽了！"

她沉默片刻，又继续说道："至于其他的事情，我会尽快处理好，实在不敢麻烦顾老板再多费心。"

顾西离半晌没说话，只是微微垂眸，一眨不眨地凝视韦清。他到底有些理解不了——怎么会是这样呢？

过去那么多年，他和韦清从相识到相熟，也是一步一步走过来的。

记得最初相识的时候，他并未对韦清上心，只依稀记得这是个会潜水的清瘦姑娘。后来经人介绍，他们逐渐有了生意上的交集，他这才真正开始留意她。

顾西离算是含着金汤匙出生的富家子弟。在过去那些年里，他见过太多肤浅而浮夸的女人。可是，韦清却和她们都不一样。

她很少讲话，即便是有求于人，也从不会巧言谄媚。就是这样一个寡言的女人，偏偏拥有安静而迷人的力量，令他步步深陷，直到痴迷不能自拔。

于是，他们之间的生意往来一天比一天频繁，以至于他恍然生出一种错觉，以为自己本就应该是她生活中的一部分。频繁到他不得不让用人准备一双男士拖鞋，寄放在她的公寓里。

他和她之间，虽然始终没有言明感情之事，却怎么也不该像现在这样淡漠疏离。

可如今，某个不该回来的人突然回来，她立刻将自己拒于千里之外，仿佛他忽然就成了人人避之的瘟神似的。

这样的转变，令顾西离措手不及。即便睿智如他，也几乎丧失了招架的能力。

无力应对的时候，敌意就成了最好的保护色。

顾西离冷冷地笑了一声，再开口时，语气里已经没了半分和气。

"任务是V交给你们去做的，"他刻意强调"你们"二字，俨然与自己划清了界限，"我即便能帮上忙，也没有那个义务去帮。"

韦清抿着嘴唇不吭声，苏远声却点了点头，从容应道："顾老板说的是。"

苏远声不说话还好，一说话顾西离更是气不打一处来。

矛头在一瞬间转向了苏远声。

"有些话，本来轮不到我一个外人来说。"顾西离打量着苏远声，目光森冷，语气幽幽，"但是苏远声，不管你和远林闹得再怎么僵，你总归还是苏家的人。也许用不了多久，苏老爷子就会需要你了，你好自为之……"

他别有深意地瞥了韦清一眼，嘴角扬起一丝冷笑。

该说的都说完了,顾西离径自上车,就此离开。

黑色宾利载着它的主人绝尘而去,只余下苏远声和韦清依旧站在原地。

此时,连绵的云朵已将岚城笼罩在阴翳之中,不出意料的话,很快就会风雨满城。

2

公寓大门开了又关,苏远声在前,韦清在后,两人沉默着回到了屋里。

"我先进去收拾收拾。"苏远声回头叮嘱道,"你站在这儿稍等一下,不要到处乱走,当心踩到碎玻璃。"

韦清有些怔忪地站在玄关处,并没有回应他的话。

也不知怎的,她望着眼前陌生的一切,忽然就陷入另外一种情绪里。

经过几天前的枪战,原本温馨的公寓已经变成另外一番模样。

由于没人打扫过战场,当时被子弹击碎的玻璃,仍旧支离破碎地躺在地板上。木纹地板上尽是不堪入目的划痕,落在韦清的眼里,像是一种无声的指责。

好端端的一间小屋,就这样变得满目疮痍。不可否认,这是她的过错。

她在这间公寓住了好几年,从没见它像现在这样狼狈过。可是仔细想来,她自己又何尝不是如此呢?

自打重逢之后,什么枪战,什么逃亡,什么威逼利诱,她全都在短短几天之内经历个遍。

即便是无人追杀的此时此刻,韦清心里也很清楚——这份虚假的平静是有时效性的,而且,也带有极为冷酷的目的性。

安宁是什么?

或许对她来说,"安宁"就是爱情的对立面。

同时,亦是一场永远不能、也不敢再去奢望的,最遥远的梦。

大约一刻钟过后,公寓里已经被苏远声收拾得七七八八。

打翻的花篮重新装点着雪白的墙壁,满地狼藉也不见了踪影。除了碎掉的窗玻璃一时无从弥补,其他的一切,似乎都和从前并无太大差别。

苏远声一边弯着身子替她整理茶几上散乱的潜水杂志,一边头也不回地叫她:"差不多了,过来歇会儿吧。"

等了几秒,发现没有人回应,他这才停下手里的动作,回头寻找韦清的身影。

"怎么了,清儿?"

韦清摇摇头:"没事。"她依旧站在玄关处,脸上一副泫然欲泣的神情。

苏远声犹豫片刻,很快就猜到了她的心思。

他继续将手头的杂志堆叠整齐,而后走到她身旁,什么都没说,只是给她一个坚实的拥抱。

韦清抬起头,看到远声的额头上挂着细细密密的汗珠,忽然就心软了。

"忙累了吧?"她柔声问。

他却轻轻地笑着:"我又不怕累。"

"那你怕什么?"

"明知故问。"

的确,韦清知道他怕什么。

每个人都有自己的弱点,于苏远声而言,她就是他最大的弱点。

午饭叫的外卖,是韦清最爱吃的韩式蒜香炸鸡。

两人对坐在餐桌两边,边吃边聊,无意中又说起了从前的旧事。

"清儿,你说你一个瘦瘦弱弱的小姑娘,怎么就无肉不欢呢?"

苏远声一边说,一边又往她手里递了一大块炸鸡,然后才继续说道:"以前我就一直纳闷儿,你每顿饭都捡着油炸垃圾食品吃,可也一直没胖起来。这到底是个什么原理?"

"懂不懂什么叫'天生丽质'?"

"我倒觉得是'浪费粮食'。"

韦清笑了笑,不由自主地回想起年少时的诸多片段。

她当然记得苏远声以前是怎么宠她的。

那么注重健康的苏二少爷,为了哄她开心,竟然隔三岔五就陪她吃一顿炸鸡可乐。

每次吃饱喝足之后,他都会摇头叹气,懊恼地说:"还指望你陪我一起活到一百二十岁呢,以后再不给你买这些没营养的东西了。"

可是没过几天,他又经不住她的软磨硬泡,再一次败给她的"韦清式撒娇"。

然后,他就只能乖乖地开车去市区里,和熙熙攘攘的人群一起,在那家最有名的古法炸鸡店门外排长长的队伍……

回忆固然是美好的,然而此时,韦清总觉得还有更重要的事情需要她去关注。

韦清下意识地拧起眉头,有些心忧地说:"我想了一下,还是没想明白顾西离刚才说的那些话到底是什么意思。不过很显然的是,他已经知道你的身份了。"

"事到如今,他要是还什么都不知道,那才不正常。"一切都在预料之中,所以他颇为淡定。

可韦清却不明白,又追问:"为什么?"

"按照V的一贯作风,她既然来了岚城,没道理不去会一会顾西离。"

"还是不懂,虽然顾西离和V都是做珠宝生意的,可毕竟一个在明里,一个在暗里。"她将自己心里的困惑如实说出,"他们两个之间,会有什么利害冲突吗?"

苏远声一秒都没犹豫,直接否定了她的揣测:"明显和生意上的事情没关系。"

"那和什么有关?"

他莞尔笑道:"没听过一句话吗?敌人的敌人就是朋友。"

"你的意思是说,V和顾西离,有个共同的敌人……"韦清略一思索,总算是恍然大悟,"就是你?"

他不以为意地耸了耸肩:"不然呢,还能有谁?"

韦清白了他一眼,酸溜溜地揶揄道:"你可真是个香饽饽,算来算去,全都是风流债。"

苏远声啃完剩下的最后一块炸鸡,这才抽空瞥了韦清一眼,慢悠悠地说:"一码归一码,顾西离的风流债我可不背。"

言下之意再明显不过——大家彼此彼此,各有各的桃花债,所以谁也别数落谁。

韦清被他噎了一下,一时也找不到话来回敬,只好就此作罢。

韦清主动转移话题,试探着问:"对了,刚才顾西离说你和家里闹翻了,是真的吗?"

苏远声点点头,坦言道:"是真的,但不是和家里,只是和苏远林。"

韦清闻言,心下有些诧异。在她的印象中,苏远声和他的哥哥关系虽然算不上有多亲密,但至少,总还不至于反目成仇。

"什么缘由啊?"她轻声问。

"不想说。"他沉吟片刻,又补充道,"和我当年突然消失有关系。"

听他这样说,韦清就不敢再继续追问这个话题了。

关于当年不告而别的真相,苏远声一直缄口不提。

她想,这背后一定有着错综复杂的原因,令他不愿回想。

如今她能给予他的,不外乎陪伴和尊重。

尊重他所背负的重重秘密,也尊重他保守秘密的决定。

于是，短短几分钟之内，韦清不得不再一次转换话题。

"那苏老爷子呢？"她凝视他的眼睛，目光里有几分莫名的担忧，"听顾西离话里话外的意思，苏家最近可能会有一些变动，而且会对苏老爷子不利啊……"

苏远声抿了抿嘴唇，冷静地说："走一步看一步吧，眼下还是任务要紧，其他的暂时也顾不上。"

全世界都看得出来，有关苏家的事，他一直都在极力逃避。

韦清并非不识趣的人，于是也没再多言，只是随口应了一句："嗯，说的也是。"

3

午饭时间刚过，韦清就打电话联系港口那边，提前将下午船潜训练的事情安排妥当。

临到出发时，她把苏远声叫到身边来，十分严肃地叮嘱了一番。

"清谷海峡深处经常会有暗流出现，算是附近海域里比较有难度的潜水点。你不熟悉这边的洋流，下潜的时候一定跟紧我，时刻留意潜水表上显示的深度。"

远声点了点头，认真回答说："好，我记住了。"

韦清见他答得爽快，不由得担心他只是随口一说，根本没往心里去。

她暗地里憋了一小会儿，最后还是忍不住，又继续念叨说："真的，你别敷衍我。这个本来就是高危运动，到什么时候都应该保持高度警惕，一点都马虎不得！"

"好，我会很小心。"他垂着双眸凝视她的脸，神色已不像刚才那么严肃，嘴角轻轻上扬，英俊的面庞上，忍不住浮现出一丝丝笑意。

韦清将他的笑容看在眼里，可她自己却笑不出来。

作为一名资深且专业的自由潜水员，没有人比她更清楚这项运动的危险程度。

不论何时，大自然总是最令人敬畏的存在。造物之所以奇妙，不仅限于山川河流鬼斧神工，更在于其变幻多端，风云莫测。

而这种奇妙，往往并不照顾平凡的人类。

过去这些年里，几乎每一年都有不少的自由潜水员在海洋中永远沉睡，这其中不乏世界级的大师，甚至也包括上一届国际自由潜水大赛的总冠军。

只要一想到这些，韦清心里就免不了打鼓。若不是因为苏远声已经明确说过要亲自下潜，她真想劝他永远和这项运动保持距离。

而现在，韦清能做的也只有叮嘱，叮嘱，再叮嘱。

"虽然你不是第一次潜水，可是自由潜和水肺很不一样。"

"这个我明白。"

韦清下意识地拧紧了眉头，语气里没有半分玩笑的意思："没有氧气瓶和BCD浮力装置可以依赖，一旦开始下潜，你能信赖的就只有你自己了。"

苏远声的视线从她的脸上一扫而过，良久，他才轻声问她："难道连你也不能信赖吗?"

"……"韦清似乎没想到他会这样问,一时竟无从作答。

她沉默了有一阵子,末了,还是决定实话实说:"不能。我终究没办法替你闭气,也没办法替你呼吸。"

话说出口的瞬间,韦清忽然就有点心痛。

又或者说得更确切一些,是体会到一种遁入骨髓的深重的无力感。

她终于能明白为什么苏远声不愿让自己潜水,也终于明白三毛与荷西之间,究竟存在着怎样的遗憾与缺失。

三毛那样忠诚而坚定地爱着荷西。但凡有万分之一的可能,她都不会眼睁睁地看着所爱之人命丧深海。

而韦清对于苏远声,也是一样的心意。

4

下午出发的时候,天色阴沉得不成样子。

空气变得闷热而潮湿,整个岚城都仿佛坐落在巨大的蒸笼里。

韦清租住的公寓离港口有些距离。出租车在敞阔的马路上疾驰狂奔,用了将近四十五分钟,这才将他们带到了目的地。

潜店是韦清提前联系好的,此时,已经有专人在港口附近等待他们。

由于清谷海峡的难度系数较大,店里特意派了一位经验丰富的潜导过来。

"你们不是专业潜水的,等会儿万事都得听我指挥。暗流可不长眼睛,你们千万不能由着性子胡来,知道吗?"这位潜导未必有多少真本事,可自信心倒是充足得爆棚。

苏远声颇有些玩味地瞧了韦清一眼,而她却故意装作什么都不懂,只是谦虚地笑了笑。

她毕恭毕敬地对潜导说:"等会儿就有劳您费心了,毕竟,我们两个都不太专业。"

很多时候,扮猪吃老虎其实是一种极为幽默的反讽。不明真相的人听在耳中会觉得十分受用,而知道真相的人,只能暗自憋笑憋得辛苦。

每个潜水店都有自己家的玻璃底船。

潜导走在前面带路,韦清和苏远声跟在后面,踩着细软的白沙,深一脚、浅一脚地往玻璃底船那边走着。

路程不算太近,两人走得无聊,便有一搭没一搭地闲聊起来。

"看这架势,不出一会儿肯定会下一场大雨。"

"那正好,雨天最适合潜水。"

"为什么这么说?"

韦清朝他眨眨眼睛,十分难得地拽了一句诗词:"任它狂风暴雨,水下岿然不动。"当然,也不是什么原装的诗词,而是被她篡改过的。

苏远声听着好笑,便下意识地伸手过去揉她的头发。韦清一边低头躲避他的魔爪攻击,一边笑得肆无忌惮。

可是,当视线终于从细软的沙地上移开,当她看清楚前方不远处那两道人影时,韦清瞬间愣在当场,怎么也笑不出来了。

惊诧，感动，不可置信。

刹那之间，她心里就像打翻了五味瓶似的，百感交集。

"……教练，楚凌？！"她几乎不敢相信自己的眼睛。

"清儿！我担心死你了，你知不知道！"楚凌一边喊一边飞奔过来，扑上来就给了韦清一个结结实实的熊抱。

韦清心中感慨万千，也紧紧拥抱她，连声说道："我也是啊，我也一直担心你……"

楚凌放开韦清，稍稍退后一步，上下打量她几眼："看到你这么活蹦乱跳的，我总算是放心了。你也别担心我了，比赛很顺利，你瞧，我这不是完好无损地回来了吗？"

韦清嘴唇动了动，却还是什么都没说，只剩下心里的苦涩在悄悄蔓延。

她担心的其实不单单是比赛，更多的，还是怕V会找他们麻烦。不过眼下来看，楚凌和付刚都还不清楚情况。

韦清觉得这样倒也不错。反正他们知与不知都改变不了什么，与其整日担惊受怕，还不如糊里糊涂地渡过难关。

刚才苏远声一直站在一旁，没有打扰她们姐妹重逢。直到这会儿，他才主动上前一步，在楚凌和付刚面前停住了脚步。

几个人早在帕罗尔岛上就碰过面。虽然没人说穿，但互相是什么身份，与韦清是什么关系，彼此也都心知肚明。

韦清夹在他们中间其实有些尴尬，但也没别的办法，只能假装什么都不知道,硬是和和气气地替双方做了简单的介绍。

和和气气地打过招呼,几个人不约而同地陷入了新一轮的沉默。

互相都没有深入交谈的意思,气氛自然也变得疏离冷淡。

韦清给苏远声递了个眼色,大意是说:我先和他们说说话,回去再补偿你。

他读懂她的意思,目光里不禁多了几分玩味和暧昧。

不用想也知道,这个男人又在琢磨回去以后怎么向她讨要这个"补偿"。韦清暗暗叹了口气,决定听之任之,暂不理会他的调戏和挑衅。

视线从他的脸上移开,韦清扭头看向楚凌。

"对了,刚才一直忘了问,比赛怎么样?"韦清问道。

楚凌故意卖关子:"你猜!"

"还用猜?"韦清莞尔笑道,"看你的表情就知道了。"

"我什么表情?明明就很平常啊……"

"是是是,每次比赛颁奖的时候,你都是'我最无敌我最棒'的平常表情。"话里有话,显然不是夸赞,而是揶揄。

这样的幽默,是强者之间才有的乐趣。若换了无能之辈,听到这样的反讽,估计会立刻气得跳脚,直接扑上来挠她也说不定。

楚凌倒不生气,反而绷不住笑起来。

"亚洲组冠军,国际第三名!"她主动告知比赛成绩,语气里颇有些扬扬得意的味道,末了,还不忘问一句,"怎么样,你唯一认证的潜伴没给你丢脸吧?"

韦清没有立刻恭维，只是反问："又刷新自己的纪录了？"

一说起这个，楚凌就更开心了，自信满满地说："还用问？那不是必须的嘛！"

韦清这才煞有介事地夸奖说："相当可以啊！'深渊女王'果然魅力不减当年。"

楚凌半句都没反驳，立刻自恋地收下了这份赞美。当然，她的潜水技术也的确担得起这个名号。

韦清和楚凌搭档潜水已经有些年头了。

两个人的潜水风格相去甚远，很多人都说她们长久不了。但也说不清究竟是赌气为之，还是的确有缘，她们风风雨雨七年多，竟然至今还没有走散。

且不说其他潜水员怎么看待这件事，就连教练付刚都觉得不可思议。

韦清自己也知道，她和楚凌虽然同样痴迷潜水，但是追求的东西却大不相同。

楚凌曾在三年前打破了亚洲无极限自由潜水的深度记录，并因此获得了"深渊女侠"的美称。在下潜深度方面，韦清从来都不敢奢望自己能有楚凌那样的造诣。

接触自由潜水这么多年，韦清其实很少追求什么竞技排名。

相比起冠军的奖牌，她更享受在水中悠然冥想的感觉，也更热爱那些成群结伴的热带鱼，蠢萌的豆丁海马，温和无害的海豚，以及庞然如岛屿的鲸鲨……

一个像精准的罗盘，一个像诗意的禅僧。这样的两个人，却也能不离不弃，共同探索未知的深渊。在韦清心里，这份情谊的确是很难求的缘分。

也正因为如此，才值得她不惜一切去珍惜。

姐妹两人又闲聊了几句，韦清才突然想起一个很重要的问题。

"对了，楚凌、教练，你们是怎么知道来这里找我的？"

楚凌有些拿不定主意，探寻地看向付刚。

付刚倒觉得没什么不能说的，于是坦然答道："是顾西离说你最近会在这附近潜水。"

韦清轻轻皱起眉头，又问："具体是什么时候说的？"

楚凌接过话茬，回答说："航班今天凌晨到岚城，顾老板亲自去机场接机，就是那会儿告诉我们的。"

凌晨，那时候她和远声还没离开西郊别墅。

这么一算，顾西离得到消息的时间显然比苏远声还早。

韦清越琢磨越觉得心里七上八下的，禁不住沉默下来，好一阵子都没言语。

夏日海边有着温暖的细沙、明媚的艳阳，以及潮湿温润的海风。可即便是这样，她还是觉得脊背发凉。原来，在她茫然不觉的时候，很多事情都已经在背后悄然发生。

楚凌见韦清一直在愣神，伸手在她眼前晃了两下："怎么了清儿，在想什么？"

"……没什么，"韦清回过神来，自然而然地转移话题，望着楚凌和付刚问道,"接下来你们怎么安排?是先回家倒时差,还是跟我一起出海?"

付刚无所谓地耸了耸肩:"我怎么都可以。"

韦清"嗯"了一声,又转头问楚凌:"你呢?"

楚凌倒是一点都不客气,十分豪爽地回答说:"既然都来了,怎么能空手而归?不陪你潜一下清谷大海峡,我还是我吗!"

楚凌向来说风就是雨,她这个急吼吼的性格,与她搭档多年的韦清自然最了解。

韦清早就知道这姑娘不会立刻打道回府,于是也没多加推辞,只是转头看向站在一旁的潜导,笑着说:"我这两位朋友也加入,给您添麻烦了。"

潜导点了点头,面色有些尴尬。很显然,他已经意识到自己被韦清"欺骗"了。听这几位顾客聊天就知道,他们肯定不是什么潜水菜鸟……他心里虽然不悦,但表面生意却不能不做。

潜导讪讪地笑了一下,又迈开步子继续往船只停泊的方向走去。

天空飘落丝丝细雨,游船摇晃着驶离了海岸。

楚凌随意躺在甲板上打盹,只拿一件防雨外套盖在身上。

付刚盘腿坐在离她一米远的地方,乍一看仿佛毫不相干,仔细瞧瞧却又像是在专门守着楚凌。

韦清很识趣地没有过去打扰,独自倚靠在围栏上,眺目遥望四周的景色。

岚城虽不是什么旅游名城,然而周边的海域却很宽广。此时,天色阴翳而浓重,原本蔚蓝的海面被云朵映成深沉的暗色,有种沉静而广阔的美。

从大洋深处吹拂而来的海风与雨水融在一起,寥寥落落地扑打在面颊上,足以驱走内心所有的躁动与仓皇。

韦清享受着大自然所赋予的一切,恍然觉得,截止到刚才还十分压抑的心情,这会儿莫名就得到了缓解。

但很可惜,老天爷似乎偏不让她安生,心中那份得来不易的宁静很快又被打破。

游船刚刚行驶不到一公里,海岸上的椰林白沙仍在视野当中。

而就在这时,韦清才后知后觉地发现,竟然有人沿着岸边拉起了一道长长的警戒线。

不仅如此,在距离警戒线不远的地方,还有很多手持狙击枪的人在四处巡逻,像在防守最神圣的要塞。

5

苏远声恰在这时在韦清身旁停住脚步。

韦清没有看他,视线依旧停留在遥远的沙滩上。不用看也知道,苏远声的目光一定也和她落在相同的方向。

彼此沉默了有一阵子,韦清才淡淡地开口,用近乎陈述的语气问他:"是 V 的人吧。"

"嗯。"苏远声低低地应了一声。

敢在这样一个和平年代,在岚城的度假海边,如此明目张胆地亮出枪械,除了 V 以外,绝不作第二人之想。

韦清不糊涂,即便他并未多言,可那些被藏起来的真相她也都清楚。

事实就像是一把锋利而残酷的尖刀,生生提醒着她——如今,他们踏上的是一条实实在在的"不归路"。

要么完成任务,要么亡命于枪林弹雨中。二者选一,仅此而已。

他转过身来凝视她的侧脸,想说些什么,却理不出头绪。

她看到他那副欲言又止的样子,心里也明白了八九分。

"你别担心,我们会平安的。"也不知为什么,明明自己都惊魂未定,可她还是下意识地想要宽慰他。

苏远声静静地瞧了她片刻,竟不由自主地笑起来。

"清儿,你知道吗?我以前就常常觉得,你可真是个神奇的小姑娘。"

她好奇地问:"为什么?"

他却不肯老老实实地给个答案,只说:"不为什么,而且到了今天,我还是这么觉得的。"

她还是问"为什么",不过这次问得更加具体:"今天为什么会觉得神奇?"

"血雨腥风的江湖,我混了这么多年,可是到了关键时刻,我竟然觉得还是你的安慰最管用。真的,比什么都让人安心。"他专注地凝望她的眼睛,眸光里有难以言喻的苦涩,也有不可言说的幸福,"你说,这还不够神奇吗?"

这男人说起情话总是叫人猝不及防。

韦清心头一暖，不由得有些冲动，想在开阔的海洋上给爱人一个最甜蜜的吻。

然而，她才刚刚踮起脚，还没来得及凑近他的俊脸，就听到身后传来了刻意为之的咳嗽声。

"咳咳……"楚凌不知什么时候已经从甲板上起来。

她一边将防雨外套穿在身上，一边朝韦清和苏远声走过来，边走边说："我说，你们小两口怎么回事啊？不就是出海潜个水嘛，怎么还开始虐狗了呢！"

"你醒了。"韦清笑着同她打了声招呼，随即又有些不解地问，"你刚说'虐狗'，虐什么狗？"

楚凌在她旁边停住脚步，故作夸张地翻了一个大白眼，说道："你们秀恩爱，虐单身狗！也就是你亲爱的潜伴——我！"

韦清被她过于浮夸的演技给逗乐了，忍不住笑着拍了拍她的肩膀，半天没憋出来一个字。

苏远声也和她一样，嘴角微微上扬，分明就是一副"实在很想笑，可是又不能笑得太放肆"的样子。

谁也不会想到，就在这一刻，三人之中只有两人幸福，而另外一个，却突然难过得有点想哭。

其实一开始，楚凌真的只是想跟他们开个玩笑而已。

可是，当她看到韦清和苏远声连笑起来的神情都那么相似时，她就怎么也骗不过自己了。

心里的五味瓶就像被突然打翻，那些陈芝麻烂谷子的情绪一股脑地倾泻出来，以至于楚凌不得不承认——她是嫉妒韦清的，嫉妒得几乎快要发疯。

她想起一个男人。

那人有着儒雅的相貌、温和的气质，和睿智的头脑。

她默默地暗恋了那个男人很多年，可他却从来没有认真看过她一眼。

这的确有点凄凉，但这还不是全部。最令楚凌抓狂的是，那个男人心里、眼里始终都住着另外一个女人，而那个女人是她生死相依的同伴。

没错，他叫顾西离，他深爱着韦清……

韦清从小在孤儿院长大，虽然自闭，却无疑是个极为敏感的人。在观察别人情绪这方面，很少有人能比她更为细致入微。

她很快就觉察到楚凌的异样，于是主动上前挽住楚凌的臂弯，不动声色地和楚凌一起往船舱那边走去。

说是船舱，其实只是个很简陋的小棚子。

不过韦清却挺满意的，毕竟这里既没有风雨，也没有其他人，可以容她们姐妹两个说点悄悄话。

舱室里空间并不算很宽裕，韦清和楚凌相对而坐，需要稍稍倾斜身子，才能让膝盖刚好错开。

没等楚凌说话，韦清就率先开口，开门见山地问道："刚才在想什么？"

"……没什么。"楚凌压根没想到她会这么直接，所以还没来得及编个合适的瞎话。

两个人之间的距离不过半米,这样明显的谎话自然瞒不过韦清的眼睛。

果然,她直直地看向楚凌,有理有据地说:"女人就爱说反话,你既然这么说,那肯定就是有什么了。"

"……"楚凌一时无言,只得先挪开目光不去看她。

谁知这回可好,韦清更是证据确凿:"你瞧,你还不敢和我对视,分明就是被我说中了。"

楚凌无语问苍天,赶紧回过头来,又对上了这个活祖宗的视线。

她差不多冷静下来了,也想好了自己的一番说辞。

"还是你聪明,的确,我刚才是有心事。"这是实话。

"能说给我听吗?"

"咱们之间没什么不能说的。"这却是谎话。

韦清虽然将信将疑,但还是耐心地等她继续把话说完。

楚凌顿了顿,复又开口说道:"其实我刚才突然有点嫉妒。"这又是实话。

"嫉妒什么?"问这话的时候,韦清似乎已经明白了什么。可她却又说不清楚,总觉得有些云里雾里。

"还能嫉妒什么?当然是嫉妒你男朋友可以陪你潜水啊!"她语气低低的,带着点儿真实的哀怨,"不管怎么说,毕竟我才是你官方认知的唯一潜伴嘛……"

答案很真实,却和韦清想象中的不一样。

只可惜,韦清并不知道,这样真实的答案却是一个假象,只为掩盖一份说不出口的暗恋情愫。

　　楚凌虽然只是那么随口一说，可韦清却是真的听到心里去了。
　　过了大概一刻钟，游船已经抵达之前预定的潜水点，于是只在原处摇晃，不再随波前行。
　　楚凌和韦清一前一后地走出船舱，一眼就看到迎面走来的教练付刚。
　　韦清下意识地朝四周望了望，不禁一阵紧张。船上就这么一点有限的地方，可她却没瞧见苏远声的身影。
　　她收回视线，语气焦急地问付刚："教练，你看到远声去哪儿了吗？"
　　付刚抿抿嘴唇，没说话，只是抬手指了指海面。
　　"你是说……他自己潜下去了？！"
　　付刚不答反问："不然还能怎样？"
　　"水肺，还是自由潜？"
　　"这船上哪有水肺装备？"依旧不答反问，话语之间，挑衅意味十足。
　　韦清皱起了眉头，"是真的吗？你没骗我？"
　　"我骗你有什么用？"付刚也拧紧了眉头，仿佛再也没兴趣掩饰他对苏远声的不爽。
　　付刚话里话外的火药味儿，韦清全都听在耳里。
　　可是此刻，她却根本无暇去顾及。
　　她脑子里一片慌乱，只剩下一个很不吉利的念头——这是远声第一次自由潜水,该不会出什么事吧?

　　细雨初歇,乌云散去,海上的阳光格外明媚,看久了竟有些晃眼。
　　韦清双手撑在游船边缘的栏杆上,一瞬不瞬地盯着波光粼粼的海面,生怕错过他上浮的瞬间。
　　如果不是经过长期的特殊训练,那么,人类在水下闭气的极限时长一般不超过三分钟。
　　眼看着两分钟过去,苏远声还是没有出现在她面前。因为等待,每一分每一秒都变得格外漫长,也格外煎熬。
　　要不是付刚和楚凌一直拦着,韦清早就想亲自下潜去找他了!
　　就在她几乎奔溃的时候,潜导终于浮出水面大口喘气,而紧随其后的,是一脸从容的苏远声。
　　最初看到他活着回来的一瞬间,韦清心里像有烟花绽放似的,一阵轰鸣,一阵感动。然而不出三秒,狂怒和委屈就以铺天盖地之势,瞬间攫住她的心智!
　　苏远声摘了脚蹼回到甲板上,本以为能迎来爱人的拥抱,却不曾想,韦清竟然冲过来就抱住他的胳膊,狠狠咬了一大口。
　　"轻点轻点,痛……"堂堂七尺硬汉,竟然被她咬得倒抽一口冷气。
　　苏远声欲哭无泪地想,她这么狠得下心,八成是咬出血了,要不然也不至于沾了海水这么蜇得慌。
　　"你以后要是再敢自己乱跑,我、我就……"韦清终于松口,说狠话的时候却莫名带了点儿哭腔,"我就咬死你!"

"你可真狠心。"苏远声说着,用她刚刚狠心咬过的手臂,将她抱在了怀里。

本该是海上重逢的温馨时刻,付刚却偏在这时过来打扰。

"既然平安回来了,你就把心放回肚子里,准备开始训练吧。"付刚的语气里并不带有什么明显的情绪,似乎在苏远声面前刻意装作淡定。

"教练,第一潜我还是和楚凌一起。"韦清这样说着,言下之意再明显不过。

其一,潜伴的优先级是最高的,不论如何,不要伤害姐妹之间的情谊;其二,只是第一潜和潜伴同行,后面那一连串的训练,她还是要和爱人在一起的。

大家都是明白人,很多事情彼此心里其实都有数。

韦清的立场也好,付刚的不悦也罢,还有楚凌的顾左右而言他……不说破不代表这些细节不存在。每个人三缄其口,说到底不过是为了留出三分余地,免得朝夕相处太尴尬。

对于韦清的决定,苏远声并没有什么意见。

韦清很快就换好水母衣,在船沿站定。她朝教练和楚凌比了个"OK"的手势,然后一个漂亮的鱼跃,率先入水。

楚凌没有韦清那么随意。每一次下潜,她都要习惯性地去计算精确的下潜深度,因此,还需要在腰间额外系一根深度测量绳。

就为这个,她又在船上多磨蹭了一会儿,迟迟没有下水。

韦清等得有些不耐烦，于是自顾自地围绕着渔船，练习闭气潜泳。

她本来就很清瘦，再穿上黑色的紧身水母衣，更显得小巧玲珑。身姿款摆，与水嬉戏，她用流动起伏的曲线模拟鱼儿的泳姿，觉得十分自在。

如墨的长发披散着，随着她的动作而流转，飘逸又温婉。这样的韦清，就像一个误入凡间的人鱼精灵，美得不可方物却不自知。

苏远声姿态慵懒地坐在甲板上，晒着太阳，望着心爱的女人，竟觉得有些意乱情迷。

有那么一瞬间，他竟然很想把她从水里拎上来。阳光将甲板晒得暖融融的，他想，如果在这里与她接吻，一定很令人沉醉……

你眸光似星海

第七章 我不愿知晓真相

1

韦清绕船游了三圈，楚凌才准备完毕，并以帅气的背滚式直接入水。

两人极有默契地互相交换一个"下潜"的手势，然后深吸一口气，双双潜入水中。

水下 10 英尺，浮力犹如一双大手，像要将她们拽回水面。

水下 30 英尺，随着水压越来越大，胸腔内的气体被压缩，浮力已经比刚才减小了不少。

终于下潜到 60 英尺，重力出现自然逆转。她们不再需要任何动作，只依靠地心引力就可以越潜越深，毫无阻碍地坠入深海的怀抱。

洋流在周围无声旋转，游鱼温柔地从指缝间穿过，时间仿佛从亘古静止至今。

韦清闭上双眼,张开手臂,感受着失重时身体的轻盈,想象自己在海洋中自由翱翔。她爱极了在深海里冥想的感觉,也爱极了空间感完全丧失的感觉。

与韦清截然相反,楚凌却无半点沉醉之意。她始终清醒地睁着双眼,一边下潜,一边盯着深度测量绳上的数字,并在心里谨慎计算着上浮时间。

人在下潜到一定深度时,身体会自动开启"生命总开关",通过降低心率来适应海底的水压。大脑在缺氧状态下,会出现眩晕和幻觉。

自由潜水员要做的,就是敏锐感知身体的变化,并在"生命总开关"开启的一瞬间,立即返身上浮。

下潜到198英尺的深度,楚凌率先感受到身体传来的信号。

在她前面不远的地方,韦清仍在畅快潜行。韦清尚未觉察到任何异样,因而仍旧平心静气地闭着双眸,继续沉往海洋的更深处。

楚凌心里暗道不妙,下意识地摆动身姿,想加快速度追上韦清,叫她准备上浮。

可是楚凌没有料到,因缺氧而产生的幻觉却在这时突然将她笼罩。意识逐渐飘远,楚凌甚至没来得及向韦清求救,就坠入一个扭曲得令人心碎的梦里……

深海之中是永恒的平静与黑暗,而海面之上却又是另外一番景象。

雨后晴空如洗，海水蔚蓝。

分外明媚的光线落在空气里，绚丽的彩虹横亘于空中，时隐时现。视线的尽头，海天相接于一处，落成一道笔直而绵长的海平线，仿佛要延伸至星河之外。

如此良辰美景，本该优哉游哉享受一番。可惜，偏就有人心里装满了忐忑与担忧，根本无暇去欣赏。

苏远声站在游船的围栏旁边，面色紧张，和之前的韦清如出一辙。

他将双手撑在栏杆上，眉头拧得紧紧的，就这么一瞬不瞬地盯着眼前的海面，只盼望下一秒钟，就能看到韦清的脸。

在过去这些年里，他极少像现在这样紧张，哪怕是执行任务深入敌营的时候，他也从未如此提心吊胆过。说到底，还是韦清的命比他自己的更重要。

付刚负手站在一旁，冷眼打量苏远声半晌，而后才意有所指地说："担心她出事的也是你，亲手把她推进深渊的还是你。这不是典型的'自作自受'吗？"

苏远声既没反驳，也没兴趣向他解释，只是淡淡地回了一句："你不明白。"

可想而知，苏远声这副不以为然的兵痞模样，自然惹得潜水教练更加不悦。

付刚再度开口，语气比刚才又冷了几分："像你这样自相矛盾、损人不利己的行为，我还真是不明白！而且，也希望永远都别明白。"

有付刚的情绪作对比，苏远声的冷淡突然显得有点不近人情。

事实上，苏远声和韦清虽然成长环境大相径庭，然而他们两人之所以互相吸引，其实骨子里是有很多相似之处的。

最明显的特点就是——他们从来都懒得应付不相熟的外人。

不论是在早年的苏家二少时期，还是现如今的雇佣兵阶段，苏远声都坚持认为多说无益。除非必要，否则他不愿与旁人闲谈。至于自闭少女韦清，讲话一事自然更是能省就省。

可是，谁又能说他们是错的呢？

在这个复杂的世界上，每个人的生活本来就如同饮水，冷暖自知。

一阵激越的水花打破了海面的平静，与此同时，两道纤细的人影终于浮出水面。

苏远声和付刚几乎是在同一时刻向她们伸出援手的，只不过这一次，付刚十分冷静沉着，可苏远声却很慌。

他再怎么也没想到——自己心爱的女人翩若惊鸿地潜入深海，然而几分钟后，当她再度出现在他面前，竟然是被潜伴扛回来的！

几人将昏迷的韦清抬到甲板上，让她仰面躺下来。

付刚回头问楚凌："你怎么样？"

楚凌跌坐在韦清旁边，声音有些颤抖，也不知是因为惊惶，还是因为体力透支。

"我没事，可是清儿她……"

还没等她说完，付刚就打断了她的话，面色严肃地吩咐说："没事就抓紧时间帮忙！我给她心肺复苏，你来人工呼吸。"

"好……"楚凌应声起身，凑近韦清准备实施抢救。

可她还没碰到韦清，就毫无防备地被苏远声拎到了一边。

"你们放开她，我来。"苏远声面无表情，语气森冷得堪比西伯利亚寒冰，几乎能在这样的炎炎烈日下将人冻伤。

楚凌和付刚对视一眼，然后识时务地让到旁边，谁也没敢在这个节骨眼上靠近这个沉默而危险的男人。

2

苏远声到底是接受过特种兵训练的人，对于野外急救这种事，鲜少有人掌握得比他还好。

前些年，他和佐藤洋子一起在世界各地出任务，经历过各种各样的恶劣环境。洋子受伤的次数很难数得清楚，于是，他经过无数次的实战练习，终于练成了雇佣兵团里数一数二的医疗好手。

此刻，他心里虽然一直七上八下的，然而手底下的动作却还是一如既往干脆利落，看不出任何慌乱和无措。

他用最传统的方式给韦清做心肺复苏，然后俯身低头，用自己的唇附上了她的。

当事人心无旁骛，一心只想尽快让自己的爱人苏醒过来。他无暇顾念其他，更不会知道，这一幕落在旁人眼里是多唯美的画面。

一个是健硕俊朗的雇佣兵，一个是纤细瓷白的海女，他打心底里为她担忧，而她将自己的命交到他手上。一切的一切，都像是一幕童话剧，越过那些现实而悲戚的时光。

接连几次人工呼吸之后,韦清仍然不见醒转。

苏远声的眉头紧锁,只觉得胸膛里一颗心脏越跳越快,眼看着就要跳成了奔马律。

他一边强迫自己冷静,一边努力在脑海里搜寻其他的抢救办法。

某个瞬间,他视线不经意从她的脖子上一扫而过。谁知这一眼,竟将他刺激得肾上腺素飙升!

一股前所未有的怒气突然席卷周身,几乎无从压抑。

苏远声回头睨了楚凌一眼,目光沉静得可怕。

他语气森然,字字清晰地说:"如果韦清有个三长两短,我一定亲手崩了你。"

而这就是韦清醒来之后,听到的第一句话。

"咳咳!咳……"韦清稍稍起身,下意识地咳出胸腔里的积水,总算是稍稍回过神来。

因为体力不支,很快,她又虚脱似的躺回到甲板上。

苏远声见她终于死里逃生,总算是放下心来。

苏远声望了望韦清,深深的一眼,不知藏了多少心酸和欣喜,有着安抚人心的力量。

苍天知道,他多想将这个面色苍白的小女人紧紧抱在怀里,再也不让她离开自己半步!

然而,却不是现在,也不是在这里。

此时此刻,还有一件更为重要的事情等着他去解决。

他收回了视线,不再望向韦清,然后站起身来,一步一步朝楚凌走去。

楚凌怔怔地站在离他两米开外的地方，想逃，然而方寸之地终究无处可躲。于是她唯一能做的事情，就只剩下了胆寒和战栗。

男人步伐开阔而沉着，仿佛带着不可言说的笃定。他拥有英俊的眉目，且眸光平静得犹如一汪深潭。

就是这样一个人，竟给人一种错觉，仿佛他刚从地狱的刀山火海里一路走来，而他途径之处，又将成为另一个人间炼狱。

苏远声每往前走一步，楚凌就下意识地往后瑟缩一下，而付刚则从另一侧靠近苏远声，妄图将楚凌挡在自己身后。

任何一场猫捉老鼠的游戏，总有结束的一刻。

楚凌的闪躲，还有付刚的保护，落在苏远声眼里都不过是螳臂当车罢了。

他只是扬了扬手，就轻而易举地把付刚这个障碍物从眼前挪走，径自在楚凌面前停住了脚步。

楚凌强作镇定，却心虚着不敢和他对视。她本打算先发制人，问他"你到底想干什么"，可惜，苏远声没耐心听她质问，更不打算给她解释的机会。

谁都没看清他是何时出手的，可是，楚凌刚说了一个"你"字，下一秒钟，就已经被他死死地钳住了喉咙！

楚凌骇然瞪大双眸，拼了命地挣扎，活像一条濒临搁浅的鱼。可她不论怎么努力，还是无法逃脱苏远声的掌控。

"呜呜——"她只能发出扭曲的声音，犹如一头被捕的兽，徒劳、无力，几乎坠入绝望的深渊。

　　韦清迟了好几秒钟，才终于搞清楚眼前的状况。

　　她不是见死不救，而是被苏远声那危险而野蛮的举动给吓住，结结实实地怔了好一阵子。

　　不用想也知道，若是再这么任由苏远声下狠手，楚凌那条脆弱的小命，肯定就要报销在这艘游船上了！

　　"远声，你……"只说了几个字，韦清已经气喘吁吁。

　　因为太过虚弱，她只能勉力撑起身子，使出浑身的力气朝苏远声喊："你放开她！"

　　韦清的声音犹如清冽的泉水，于冥冥之中，平息了苏远声心底那股怒意，也逐渐换回了他所剩无几的理智。

　　苏远声思量片刻，然后当真如韦清所愿，撤去手掌上的力道，放了楚凌一条生路。

　　这是他第一次徒手杀人，是为了韦清。

　　这却同样是他第一次半路放弃，绕来绕去，还是为了韦清。

　　苏远声在雇佣兵团混迹多年，一向以绝情冷漠著称。对这世界上绝大多数的人们，他都不具备半点怜惜或是仁慈。

　　这一次，他之所以暂且放过楚凌，更不是因为宽恕。

　　他只是突然意识到一个事实——不管楚凌是冤枉的，还是真的想害韦清，只要这个女人最终死在他手里，韦清都不会原谅他。

　　他毕竟是懂韦清的。

在过去这二十多年里，能长久陪伴在韦清身边的人加起来也不超过五个。楚凌和她搭档了七年多的时间，再怎么说，也会在她心里占据极为重要的地位。

仅这一个原因，他就不可能再对楚凌动手，哪怕他已经恨透了楚凌。

楚凌双手捂着脖子，大口大口地呼吸着久违的氧气。

潜水这么多年，她从没像此刻这么畏惧窒息的感觉。有那么一瞬间，她甚至打心底里怀疑，从今往后，自己还会不会有胆量在水下闭气潜行。

不远处，韦清双手撑着甲板，努力站起来，朝楚凌和苏远声这边走过来。

她想问楚凌要不要紧，然而话还没说出口，就猝不及防地被苏远声扯进了怀里。

并不温情的拥抱，似乎别有用心。

他微微低头，什么都没说，只是用眼神暗示她先不要开口。多年的追随与信仰，令她即便在是非难辨的时候，也能毫无保留地选择相信他。

韦清仰起头，若有所思地凝视他如墨的眼睛。她目光温柔而宽容，仿佛劫后余生的不是她，而是苏远声。虽然不发一言，可她已然将最深最好的慰藉全部给了他。

这份寂静的心安，胜过了山迢水远，也胜过了海枯石烂。

大概过了十分钟,楚凌总算是从窒息的噩梦里苏醒过来。

她心有余悸地看了苏远声一眼,心里再清楚不过——这男人虽然没要她命,但是接下来的一番质问,却是怎么也跑不了的。

果然,苏远声目光幽深地打量着楚凌,冷声反问:"怎么,没什么要解释的?"

楚凌咬了咬嘴唇,一时不知如何作答。

付刚站在一旁忍了又忍,到底还是看不下去了。

他主动上前一步,恨恨地瞪着苏远声,言辞不善地斥责:"海底洋流千变万化,潜水事故的成因也不是一句两句能说清!你连最基本的潜水常识都不具备,不分青红皂白就拿楚凌出气,算什么本事?"

韦清虽然表面上不置可否,其实她心里也有同样的困惑。

苏远声不是不讲道理的人,即便这么多年过去,韦清也相信,他做事一定有自己的原则和理由。

照常理来说,楚凌把昏迷的潜伴从海底带上来,就算不被奉为救命大恩人,至少也不该沦为仇人啊……

韦清总觉得这中间藏着什么蹊跷,可她却理不清思路。

也正因为如此,她才没有出言阻止付刚,反而任由他和苏远声针尖对麦芒。

苏远声冷笑一声,反问付刚:"你到底是视力低下,还是真瞎?韦清脖子上那么明显的手指印,你看不到?"

别说付刚,就连韦清自己听了这话也不由得一愣。

手指印？什么手指印……

她看不到自己的脖颈，自然不明就里。可付刚目光一扫，却看得一清二楚，立刻就明白了苏远声为何动怒。

付刚自知理亏，也没了刚才那个据理力争的劲头，只是默默退到一旁，目光犹疑地望向楚凌。

楚凌反复纠结了很久，最终决定坦诚相告。只是，她到底还是顾念多年的姐妹情谊，怎么也不愿在韦清面前暴露自己最丑恶的一面。

她望着苏远声，语气里带着恳求的意思："我能单独跟你聊几句吗？"

苏远声明知她的顾虑，却不可能在这个时候做出让步。

他果断地摇头，一口回绝道："有些话，还是当着大家的面讲清楚比较好。"

"可是……"楚凌说不下去了，低低地叹一口气，目光若有似无地瞥向韦清。

"最想听你解释的人，其实不是我。"说这话时，苏远声的视线也落在韦清的脸上，弦外之音不言自明。

楚凌无计可施，也只好硬着头皮和韦清对视。

没等她开口，韦清便率先问道："楚凌，你是不是有什么事情瞒着我？"

"清儿，我……"

到底还是难以启齿，歉疚和自卑犹如沉重的砝码，迫使她低下了头。

"你抬头看着我！楚凌，看我的眼睛。"韦清掷地有声地向她保证，"只要你跟我说实话，不管之前发生过什么，我都不怪你。"

楚凌抿抿嘴唇，低声说："对不起，是我害了你……"她的声音很轻，在浓浓的海风里，几乎很难听到。

3

再怎么曲折婉转的心事，讲述起来也不过是三言两语。

楚凌从那场久远的暗恋开始讲起，一直讲到近来的某一天，心里突然就塞满了嫉恨。

清醒时，她知道韦清是自己最亲密的潜伴。

可是刚才，当她们一起潜到200英尺深的海底，当幻觉猝然来袭，氧气和理智就都成了很奢侈的东西。

世界仿佛只剩下空茫的幻觉，楚凌控制不了自己。

她忍不住想起顾西离的笑容和温柔，也想起这一切都不属于自己，却属于近在咫尺的韦清！

人似乎都会陷入同一种心理模式——可以笑看遥远的星辰散发耀眼光芒，却见不得身边的邻居比自己生活得更好。

因为韦清是她最亲近的人，所以，这样的落差更令她如鲠在喉。

就这样，楚凌被心里最原始的欲望和毁灭所驱使，鬼使神差地伸出双手，从后面扼住了韦清的喉咙……

故事讲到最后，楚凌双手掩住脸庞，忍不住浑身颤抖。

韦清默默地听她讲完，不由自主地抬手摸了摸自己的颈项。

确实,有种钝钝的痛感。

她这才恍然想起,在水下出事的那一瞬间,自己还错以为是被什么深海生物绕住了脖子。

如今死里逃生,才知道真正想置自己于死地的,不是陌生的异族,而是最亲密的同类。又或者说得更确切一些,其实是人类与生俱来的、善妒的丑陋一面。

楚凌没有隐瞒任何细节,就像在做潜水事故分析报告一样,将整件事情的来龙去脉都交代得一清二楚。

在场的每个人都看得出来,她在内疚,在悔过,也在后怕。

一阵沉默在甲板上蔓延开来,就连身在局外的潜导也很识趣地保持严肃,生怕叨扰了这几位神秘的顾客。

良久之后,韦清率先打破了这份难熬的寂静。

她轻轻地叹息一声,推开苏远声的怀抱,主动走过去握了握楚凌的手。

"我刚才说了,只要你坦诚告诉我这些,我就不怪你。你也别怪自己了,好吗?"她望着楚凌的眼睛,语气虽然平静无澜,却满满都是诚意。

楚凌一时语塞,望着她,忍不住红了眼眶。

韦清顿了顿,又继续问道:"楚凌,你还记不记得六年前的蓝海洞潜?"

"记得,那次是我们唯一的一次水肺潜水,偏偏就出了事故。"那是一次徘徊在生死边缘的惊心旅程,楚凌当然不可能忘记。

可是，韦清为什么突然提起这件事？

楚凌起初还有些不解，不过很快，当她回忆起那次潜水的细节，就明白了韦清的良苦用心。

"你知道吗？当时在蓝洞里面，我发现气瓶在漏气的时候，心里真的很绝望，还以为自己会死在那个连阳光都没有的地方……"即便已经过了几年的时间，再提起当时的险况，韦清仍然心有余悸，连声音都不自觉地颤抖。

记得那时她刚接触潜水没多久，还不像现在这样心气沉静、临危不乱。

蓝海水下 18 米，一群深海生物终年生存在暗无光线的寂静里。就在那个错综复杂的潜洞里，韦清的气瓶忽然开始漏气。

气泡从她身后的气阀开始蔓延，很快，就在海洋浮力的作用下不断上浮，密集地笼罩在头顶。

她抬头望了望，仿佛看到数以亿计的蜉蝣微生物，正跃跃欲试想要将她吞噬殆尽。

那一瞬间，韦清坠入到前所未有的恐慌里，脑海中一片空白，连最起码的自救方式都想不起来。

回忆到这里，她又对上楚凌的视线，喃喃说道："当时我看到潜水表上显示，气瓶里只剩不到 20% 的气……"

楚凌上前一步抱住韦清，打断了她的话："别说了，清儿，那些都过去了。"

"好，那就不说了。"她顿了片刻，再开口时，声音轻而坚定，"可是你知道，我曾经欠过你一命。"

为了活命，韦清也曾做过伤害潜伴的事情。

就比如蓝海洞潜那次，她一时慌乱无措，疯狂地渴求着更充足的氧气，竟然拼命去抢楚凌嘴里的一级头！

而后想来，若不是楚凌及时把备用二级头借给她，也许两个人都会在那个鬼地方溺水而亡……

韦清自责了很久，甚至想过躲开楚凌，再不和楚凌打交道。可楚凌却三天两头地找她潜水、约她吃饭，安慰她，陪伴她，仿佛她才是受害者。

几年之后，旧事似乎重新上演。

韦清想，人与人之间最大的宽容，应该是源自最深刻的感同身受。

所以，她问楚凌："蓝海出事之后，你是怎么纵容我的，没忘了吧？"

楚凌答道："没忘。"

于是她又说："而我现在的心情，和你当时是一样的，懂吗？"

"懂……"虽然只有一个字，可楚凌的声音却明显带着哭腔。

楚凌这才明白，原来很多时候，长久的陪伴不是因为没有矛盾，而是因为可以互相原谅。

话题不再沉重，姐妹两人像是终于打开了话匣子一样，从陈年旧事说起，絮絮叨叨地聊了大半个小时还没聊完。

苏远声和付刚像两个石雕一样，就这么站在一旁守着，虽然被她们念叨得脑仁儿突突跳，还是一直没出言打扰。

时不时地，他们也会默默地对视一眼，气氛不再像之前那么剑拔弩张。

男人眼里的情绪往往瞒不过同类，尤其是对所爱之人的宠溺与无奈。

所以苏远声看得出来，付刚心里装着楚凌，只是苦于没机会、也没立场开口告白。

有那么几次，他甚至想劝付刚在这件事情上拿出点儿勇气来，可想来想去，又觉得到底是旁人的事，于是悻悻作罢。

4

又等了一阵子，苏远声见她们依然没有打住话茬的趋势，只好寻个机会过去，对她们的滔滔不绝进行人为干预。

韦清见他走过来，于是笑着对楚凌说："我得先'重色轻友'去了，以后再继续给你讲。"

苏远声在韦清身侧停住脚步，抬手揽住她清瘦的肩膀，却没有立刻带她离开。

他望向楚凌，直截了当地说："今天结束之后，你就在岚城好好休养，暂时先别跟我们一起训练了。"

楚凌闻言一愣，还没等开口辩驳，就听到韦清抢先说道："不行，楚凌已经答应我了——最近的所有潜水训练，她都会全程给我打保护。"

苏远声还是看着楚凌，沉声反问："打保护？"

"是。"楚凌的目光十分坚定，"说是内疚也好，担心她也罢，随便你怎么理解都可以，总之我会一直保护她。"

　　苏远声挑了挑眉毛，语气严肃地问："我凭什么相信你不会再伤害她？"

　　"远声，别这样。"韦清的声音轻轻的，却有着深入人心的分量，"我相信她，你只要相信我就够了。"

　　苏远声低头看了她一眼，想说些什么，最后却只是叹息了一声。

　　这么多年过去，他果然还是拿她没有一点办法。

　　只要这个女人温声软语地说一句好话，那么，即便他心里有再多的坚持，也会在一瞬间土崩瓦解。

　　韦清见他神色有所缓和，连忙趁机转移话题。

　　"走不走，再去潜一次？"

　　苏远声不放心她，拧着眉头问道："你刚醒过来就继续训练，身体吃得消吗？"

　　韦清从容笑道："放心吧，我自己心里有数，没问题的。"

　　他深深地看了她一眼，心知多说无益，于是也没再劝阻，只说："那你自己把握，如果觉得难受了就立刻上浮。不准逞强，知道吗？"

　　韦清点了点头，故意学小孩子的语气，撒娇似的向他保证："知道知道！我保证不逞强，也不胡闹，每天都以安全为重，珍惜生命，好好活着……"

　　苏远声瞧着她装乖耍宝，不禁莞尔一笑。他抬起手，宠溺地摸了摸她的头发。

之后的训练平淡无奇,每个人都扮演好自己的角色,彼此互不越界。

苏远声虽然刚开始接触自由潜水,但他的体质仿佛天生就适合各种各样的户外运动,因而无师自通,进步神速。

最后一次深潜时,楚凌主动留在船上,没有再去充当"电灯泡"。

下潜之前,韦清笑着问苏远声:"这次就不追求时长和深度了,以娱乐为主,怎么样?"

他看懂她眼里的雀跃,心里乐得,嘴上却故意逗她:"看不出来,你这么主动。"

"有什么看不出来的?"一句话说完,韦清才觉出不对劲儿来。

苏远声低低地笑,没再多说,只是调整面镜,转身往甲板边缘行去。

他率先下潜,她紧随其后。

很快,苏远声就潜到了重力逆转的临界深度。

他停下动作,在原处等她。韦清身姿款摆,来到他身边,也没有要继续下潜的意思。

隔着清澈的海水和氤氲的面镜,她静静地凝视着面前的男人。

墨色的双眸里,有深邃而平静的光芒。她看到他的眼中,蕴藏着最温柔、也最安宁的力量。

光线昏暗,流淌的时光仿佛在这里得以静止。

有那么一瞬间,韦清甚至错以为这是一场浮华的梦。

偶尔，有三两条尼莫从她和他之间嬉戏游过。她这才恍然意识到，这个世界是真实的，满载着生命的蓬勃与活力。

而他就在她身边，陪她看尽世间美景，听岁月呢喃。

许是时机恰好，又或者，仅仅是被他的眼神蛊惑，总之在这一刻，韦清心里被感动填满。

她忍不住靠近他，用自己的嘴唇，轻轻去触碰他的。

水下初吻，仍然是属于他的。虽然只是蜻蜓点水，却足以传达她的心意。

苏远声怔了一下，然后小心翼翼将她抱进怀里。

他突然就很想撬开她的唇，与她纠缠得更深，更彻底。

想听到她的喘息，落在他心里，丝丝扣扣的，仿佛怎么也化不开。

可惜，他们不得不在海水的包围中继续屏息闭气，克制那些几乎无法克制的欲望。

而她一直凝望着他，眼神湿润，就像周围的海水一样。

从潜点返回的时候，苏远声倚靠桅杆坐下，面朝夕阳的方向。

韦清换下水母衣，从船舱里走出来，也自然而然地在他身边落座。

他低头看了她一眼，什么都没说，只是轻轻揽过她的肩头。

她也没说话，就这么静静地依偎在他的怀里，望着天边云霞舒卷，斜阳渐落。

良久之后，苏远声先开口，低低地说了一句："清儿，你怎么对谁都好？"

也不知是不是错觉,韦清仿佛从他清淡的声音里听出了几分低落。

她歪着脑袋打量他片刻,然后才小心翼翼地反问:"……这样不好吗？"

"没有不好。宽容和温柔都是很迷人的东西,让人感觉世界和平。"他微微低头,对上她的视线,半开玩笑半认真地说,"可是怎么办,我是个心胸挺狭隘的人。看到你对别人也好,我总是会吃醋。"

韦清一时没想好怎么回答,于是沉默地看着他,半晌没言语。

苏远声自嘲地笑了笑,又道:"不过也还好,你在水下只吻过我,这倒是很能说明问题。"

她抿抿嘴唇,心里想着,这话题倒是不难回答:"其实……不是。"

苏远声微微挑眉,目光暗了又暗:"不是？"

"我还吻过一条鲸鲨……"

"……"他被噎了好半天,最后到底一个字也没说出来,只是心情复杂地抽了抽嘴角。

游船抵达岸边时,天色已经渐渐暗淡。

夕阳隐没在海平面以下,马不停蹄地赶去照耀地球的另外一端。

沙滩依旧留有白昼的余温,一行人光脚漫步,觉得温热舒适。

楚凌望着周围感慨:"这片沙滩平时都是人满为患,难得今天这么清静。"

"嗯,是啊……"韦清心不在焉地应了一声,脑海里徘徊不散的,却是下午出发之前,她无意中目睹的狙击手和警戒线。

没猜错的话,清谷海峡的附近应该都已经被V封锁了,除了"相关人士",自然不可能见到别的游客。

她抬头看了苏远声一眼,目光里隐隐有些担忧。

苏远声没有说话,只是牵住了她的手。

韦清垂眸,视线落在交扣的十指上,莫名就染了几分心酸。

这一生注定颠沛流离,而像现在这样牵手依偎的好时光,又能有多少呢?

5

几人行至码头,在那里依依道别。

苏远声和韦清一起离开港口,回到她在市区租住的寓所。

门廊狭窄而昏暗,隐隐地,萦绕着暧昧不明的气息。

韦清刚进门,甚至还没来得及开灯,就被苏远声扣住腰身,紧紧抵在了门板上。

她在他和门板的缝隙里抬头望他,双眸清亮而温存。

"怎么了,远声?"她的声音轻轻的,仿佛蒙了一层薄薄的水雾,氤氲,又柔软。

苏远声没有回答,只是垂着眼帘,安静地凝视她的脸庞。

他的身材颀长而高大,阻隔了光线,在她身后落下暗影。那道身影将她笼罩其中,沉默却坚定地守护着。

不由自主地靠近，苏远声低下头，一下又一下地亲吻她的额角、眼睛、脸颊……

最后，落到柔软的唇上。

不同于以往，这个吻没有半点霸道，却温柔缱绻得不可思议。

温热的气息交缠在一起，甜蜜无以复加。

过了很久，他的唇依旧轻轻贴着她的，恋恋不舍，低声呢喃："清儿，我很想你……"

"我从没离开过。"

"那也想。"他凑近她的耳朵，声音越发低哑含混，尽是欲说还休的情欲。

韦清再没有力气说话，只能软绵绵地倚靠在他的身上，小声小声地喘息，像一只柔弱温顺的小猫。

她下意识地仰起头，迎合着他的吻，几乎不能思考。

也不知究竟是谁先主动，原本温存的吻，骤然被加深。

他用力将她撞到怀里，渴求着她的每一寸肌肤，贪恋着她的每一声低吟。

气息交错，抵死缠绵。

战场从玄关到卧室，短短几步的距离，衣衫已经凌落满地。

脚步停在床沿，他将韦清打横抱起，手上故意下了力气，近乎凶狠地将她摔在绵软的大床上。

身体明明早已有了反应，可他偏要自虐似的坐在一旁，半眯着双眸，欣赏着眼前的美景。

是从什么时候开始，记忆中那个清瘦寻常的少女，竟出落得这样美丽？

白皙而细腻的肌肤，凌乱披散的如瀑长发，盈盈剪水的双眸，粉嫩润泽的唇……

这个曼妙玲珑的小女人，在水蓝色床单的映衬下，竟莫名有种清冷傲慢的气质，令人不忍亵玩，却又恨不能将她拆吞入腹！

苏远声忽而想起下午，她穿着紧身水母衣，在海洋中恣意徜徉，美得不可方物。

而此刻，瓷白的肩膀裸露在微凉的空气里，触手可及，更是令他迷醉无法自持。

只在一瞬间，那种感觉又来了——渴望、克制、矛盾又兴奋，几乎要把人活活逼疯！

气氛迷离得恰到好处，而悸动难耐的人，绝对不止苏远声一个。

"远声……"韦清小声唤他的名字，声线柔媚入骨。

她抬头望着他，一双水眸里写满了渴盼。

这是勾引，明明白白的勾引！

他再也无法克制心底的冲动，扑过去，不由分说地将她压在了身下！

滚烫的身躯覆上她的柔软。

他捉住她的双手，紧紧扣在耳朵两侧。

韦清下意识地挣扎，却动弹不得，只能任由他放肆亲吻，在她身体上留下一个又一个印记。

下腹紧紧贴合在一起，苏远声若有似无地轻轻蹭她，却不肯给予更多。

韦清受不了这样的折磨，不禁轻轻皱起细眉，嘤咛出声。

"远声……"

"嗯？"

"不要这样对我……"

"亲爱的，这是惩罚。"

韦清于是不再说话。

她闭上眼睛，微微侧过头，甜蜜而又辛苦地忍耐着他给的"惩罚"。

就在她毫无防备的时候，苏远声却突然开始发力！

"啊——"她整个人向后仰起，又重重跌落。

他冲撞得更加用力，却俯身靠近，故意用一个缱绻而炙热的吻，封住了她全部的呻吟。

她找不到一丝丝的机会去宣泄，只能被迫承欢，叫声低婉而缠绵。

所有细微或是猛烈的感觉，全都一股脑地堆砌在她的身体里。那些无处释放的快感越积越多，情到浓时，仿佛要把她的灵魂都抽了去。

长夜漫漫，情潮起伏辗转，而他和她，彻夜未歇……

清晨时分，窗外的天空已经泛起鱼肚白。

韦清依偎在苏远声的怀抱里，乖顺而安静。

脑海中混混沌沌的。她反复回忆着自己和苏远声之间的种种往事,恍惚间,觉得时光变得轻缓而温柔。细想起来,那些曾以为过不去的伤痛,似乎熬一熬,也就这么过去了。

思绪百转千回,犹如夜空的星子,数不尽,理不完。

她很想和他说点儿什么,却怎么也抵不住疲倦,终是沉沉地睡去。

6

再醒来时,已经日上三竿。

苏远声比她醒得早,已经在厨房里忙碌了有一阵子。

他们昨天才回到岚城,紧接着就马不停蹄地出海训练,根本没时间去超市大采购。

苏远声从空荡荡的冰箱里翻了半天,只找到几片真空包装的火腿、速食拉面,还有一袋明天就要过期的泡菜。

巧妇难为无米之炊,他瞧着眼前这些七零八落的食材,有些无奈地叹息了一声。

韦清迷迷糊糊从卧室出来,刚巧听到他在叹气,便走过去问道:"怎么了?"

其实不需要回答,她瞧着眼前的光景,心里也就明白了大概。

好好一个呼风唤雨的雇佣兵,此刻却手无寸铁,连一顿像样的午餐都拼凑不出来,也难怪他要叹气。

韦清抿唇笑了笑,将视线从流理台上收回,落在他的身上。

男人穿着居家的短裤,赤裸着上身,腰间系着她的绣花围裙,莫名给人一种岁月温柔的感觉。

她从背后拥抱他,有一下没一下地轻轻挠他的腹肌,极不安分。

无意之中,指尖触碰到围裙的边缘。韦清这才发现,原来从超市随便买来的十几块钱的东西,也可以这么妥帖柔软。

苏远声转身和她拥抱,没头没脑地问了一句:"睡得好吗?"

她抬头对上他的目光,故意笑得暧昧。

"你猜。"

"我不猜。"

"……你可真没意思。"

韦清撇了撇嘴巴,不想搭理他。

可刚过了两秒,她又忍不住不打自招:"累坏了,睡得很踏实。"

苏远声垂眸,玩味地瞧了她一眼,低低地笑了。

"你还挺诚实。"嘴巴和身体都是。

"打算怎么奖励我?"

"奖励你每天都睡得踏实。"

韦清呆住,气急败坏地拿额头撞他的肩窝,小声骂道:"你这个流氓!"

气氛恰好,苏远声低头亲吻她的发线。

他温柔地抚摸她的脸庞,刚要有所动作,就听到门外传来一阵不合时宜的敲门声。

韦清下意识地抬头望向他,却发现他目光清冷、神色不善,方才的温柔气质荡然无存。

不管怎么说，苏远声毕竟是雇佣军团的精锐特种兵，军人所独有的敏锐和警觉，早已融进他的骨子里。

刚才那阵敲门声，礼貌、温雅，且又富有不疾不徐的节奏。苏远声只消一听，就知道来的人是谁。

他不动声色地放开了韦清，单手解开围裙，随意地丢到一旁，转身往门口走去。

"我去开门。"他的语气平静如常，可也不知怎的，却透着一股莫名其妙的狠劲儿。

韦清下意识地追上去，捉住他的手腕不肯松手。

"你忙，我去吧。"

脚步顿住，他回眸打量她一眼，似笑非笑地反问："我忙什么了？"

"……"她犹豫片刻，还是小声嘀咕了一句，"你都没穿衣服。"

他移开视线，往门口瞟了一眼，意有所指地说："这样才好表明身份。"

韦清怔了一瞬，这才后知后觉地明白了他的意思。

门开了，站在门外的男人，果然是顾老板。

苏远声以守护的姿态挡在韦清前面，和顾西离僵持不下。

顾西离的视线从韦清的脸上一扫而过，随后落在苏远声这边。他下意识地蹙了下眉头，很快又恢复如常，仿佛并不介意某人赤裸着上身。

他甚至还主动和苏远声打了声招呼，脸上依旧是谦谦公子的招牌笑容,看起来彬彬有礼。

苏远声却没那么好的兴致陪他寒暄,只是以一种维护的姿态挡在韦清身前,一双眸子冷静而深邃。

他就这么一眨不眨地盯着面前的不速之客,还没请人进门,就已经下了逐客令。

气氛有点尴尬,顾西离沉默了几秒,开口问道:"怎么,不打算请我进去坐坐吗?"

苏远声双手抱在胸前,很不给面子地点了点头:"确实,还真没有这个打算。"

顾西离冷笑一声:"苏家的待客之道可不是这样的。"

这话说得就很故意了,很明显,他是瞄准了苏远声的痛处。

可惜,苏远声的反应却有点儿令人失望。他并没有被"苏家"成功激怒,反而有些不屑地笑了,甚至都懒得搭腔。

"不过也没关系,"顾西离佯装宽容,又自顾自地说道,"我今天来,是有几句话想单独和韦清说,说完我就走。"

"单独?"苏远声颇为玩味地重复这两个字,脸上一副似笑非笑的表情,像是听到了什么天大的笑话。隔了半晌,他淡淡地瞥了顾西离一眼,轻蔑反问,"就凭你?"

顾西离沉吟片刻,在心里默默地权衡着利弊。

就在几个小时以前,他的手下刚刚查到了关于"鲸鲨之吻"的惊天内幕。

这串赫赫有名的项链,所承载的不仅仅是名望、历史、情怀之类的虚幻无用的东西。它有它的秘密,而执着寻找它的人,也有他们自己的秘密。

眼下最重要的,是把他了解到的情况如实告诉韦清。苏远声为了完成任务,隐瞒了有关"鲸鲨之吻"的部分真相,这对韦清极为不利。

他不能坐视不管,不能放任她陷入危机当中。

打定主意之后,顾西离决定暂时不与苏远声较劲。他望向韦清,问道:"你怎么说?"

韦清上前一步,和苏远声并肩而立,客气而疏离地回答:"顾老板,远声不是外人。你有什么话,就当着他的面说吧。"她的话里明显有维护的意思,当然,是维护苏远声。

顾西离眼神一暗,在心里讪讪自嘲——自己为了韦清,真是连自尊都放下了。

即便她一直都是一副不冷不热的态度,他还是处处都替她着想,生怕这女人一不小心磕了碰了。可到头来,她却还是无视他的心意,毅然决然站在另外一边……

有那么一瞬间,顾西离真的在打退堂鼓。

如此自讨苦吃,何必呢?然而说千道万,他就是无法对她冷漠。

爱情是一种微妙的东西,它让人盲目,也让人丧失原本的傲气。明知没有结果,却还是无法轻易罢手,像被蛊惑了一般,根本无法逃脱这样的命运。

顾西离望着韦清的脸庞,良久,轻轻地叹了口气。

算了,他认命了。

"韦清,你知道'鲸鲨之吻'到底是什么吗?"顾西离问道。

韦清点了点头,回答说:"知道,远声跟我讲过,是一串宝石项链。"

"只是一串项链?"顾西离凝视她的眼睛,认真地说,"如果真是这样,V又怎么会不择手段,说什么也要把它弄到手!"

韦清不以为然地耸了耸肩膀,说道:"因为它值钱。"

"不过是几颗宝石而已,能有多值钱?"

"对V来说,什么都比我的命值钱,拿我去换,她不吃亏的。"

"韦清,你能不能……"稍微严肃一点对待自己的命运?!

剩下的半句话,顾西离没有说出口。因为他突然意识到——韦清不是真傻,而是装傻。她也不是真的玩世不恭,而是在用这种方式,回绝他的"据实已告"。

顾西离无奈地摇了摇头,低声说:"看样子,你已经知道我想说什么了。"

韦清垂眸不去看他,沉吟片刻,也不否认,只说:"知不知道,其实都没什么差别。"

顾西离心中了然:"既然这样,我也就不再多说了。"

话音落下,顾西离转身离开。

刚踏出去半步,他又顿住身形,回头深深地望了韦清一眼,字字郑重地说:"韦清,你自己多保重。"

送走了顾西离,韦清和苏远声回到客厅,在沙发上落座。

起初，两个人都没有开口讲话。沉寂在有限的空间里蔓延，幻化成无休无止的陌生感。

过了好一阵子，韦清才率先打破沉默，试探着叫他的名字。

"远声？"

"嗯？"他心不在焉地应着，知道有些话题想躲也躲不过。

她下意识地轻咬下唇，小声问他："你真的没有什么话想跟我说吗？"

苏远声故作不知，不答反问："想听我说什么？"

韦清转过头来凝视他的眼睛，目光很澄澈，很直接，也很孩子气。

她的心里似乎装载了百转千回的委屈和质问。然而此刻，当她面对着他，却又理不出个头绪，因而也无从说起。

犹豫片刻，韦清还是放弃了追问真相。

她在心底对自己说——因为是苏远声，所以，即便从头到尾都是骗局，她也不冤。

"……算了，没什么。"不等苏远声说话，韦清已经自然而然地转移了话题，"家里没什么食材，中午就别做饭了。等会儿我们出去随便吃点东西，然后直接出海训练，好不好？"

她宽容，信任，不说破；她不怨，不问，不记恨。

一切的一切，苏远声都看在眼里，也都铭记于内心深处。

他不知道自己何德何能，竟可以被这样的女人深爱。而像他这样的亡命之徒，到底值不值得韦清如此对待，又有谁能说得清楚？

苏远声心中感慨万千，良久无言。

他只能顺从自己的心意，温柔地揽过韦清的肩膀，轻轻吻上她的额头。

这一吻，虔诚得仿若某种神圣的仪式。

在这场安静而盛大的仪式中，有人得到宽慰，也有人得到救赎。

第八章 若我沉眠于深海

1

潜水之所以美妙而富有魔力,是因为它允许人类沉浸在海洋的怀抱里,去感知大自然所赋予生物的温柔与力量。

它令人心性澄明,令时光轻缓而安宁。

在兵荒马乱的年月里,潜水几乎成为一种奢侈。

最近一段时间,韦清一直专注于沉船潜水方面的训练。且不论事情背后的起因和危险,至少这个过程令她觉得幸福。

赶上阳光明媚的好天气,海水清澈暗蓝。她的身边有斑斓的游鱼,有绚丽的珊瑚,还有令她痴迷如醉的他。

一切都美好得不像话。

记不得有多少次,韦清心中都会凭空生出一丝错觉,以为这样静好的岁月可以延续到地久天长。

然而可惜的是,现实终究是现实,它比想象中残酷许多。

不知不觉间，两个星期的时间匆匆过去。

当初和 V 约定的期限，就这么一步一步挪到了他们的眼前，容不得半点逃避，也容不得一丝丝的回绝。

岚城公寓里，韦清和苏远声整装待发。

而此时，命运的巨网早已散布开来。它就和 V 一样，强大、凛冽，不动声色。它和她，都在十几公里以外的清谷海域静静等待。

等韦清和苏远声凯旋而归，又或者，等他们泫然落网。

上午十点半，一辆军绿色越野车停在韦清的公寓门外。

她透过门镜往外望了望，扭头对身后的男人说："远声，我看到槐树旁边停了辆路虎，不知道是不是 V 派来的。"

苏远声了解 V 的习惯。他甚至不需要向外看一眼，就可以肯定地回答说："是的。"

韦清有些讶异："这么肯定？"

"因为每次出任务之前，V 都会亲自派车来接。"他顿了片刻，又继续道，"如果没猜错的话，那辆车应该是军绿色的，这会儿正打着双闪，而且车顶上还装了一个警示灯。"

韦清不信，隔着门镜又观察一下外面的情况，这才喃喃道："……别说，你猜得还挺准。"

苏远声没搭腔，只是抿唇笑了笑，继续处理手头的工作。

出发在即，苏远声背对着韦清，正在一项一项地检查那些潜水仪器。他忽然想到什么，于是停下来，扭头望向韦清。

"对了清儿,你有潜水表吗?"

韦清摇了摇头:"没有。"

"那罗盘呢?"

"什么是罗盘?"

"就是潜水指北针。"

"可能有吧……"她还是不太确定,"但是我只用过一次,不太记得扔到哪里去了。"

他的目光落在她的脸上,语气有些严肃:"再仔细想想,具体放在什么地方了?"

韦清微蹙着眉,试探着问:"这东西……很重要吗?"

"也不是百分之百会用到,就是以防万一。不管怎么说,多准备一些总没坏处。"

"那你稍等一会儿,我去卧室翻翻看,有可能放在床头的抽屉里。"话音落下,她转身朝卧室那边走去。

韦清弓着身子,在飘窗旁边翻箱倒柜。

苏远声倚在门口瞧了一阵子,然后迈开步子,走到她身边停住。

他刚想说"实在找不到就算了",就看到韦清笑眯眯地起身,语气轻快地说:"还真被我给找到了!"

她转过身来面对他,将一个小巧精致的金属物件递到了他的掌心。

"喏,你要的指北针。"

苏远声将罗盘握在手里,下意识地用拇指肚摩挲了两下。他甚至没有打开检查,就直接将它收进迷彩裤侧边的口袋里。

韦清敏锐地察觉到他的异样,不禁也跟着严肃起来,抬头问道:"怎么了,远声?"

苏远声垂眸凝望她的眉眼,心头郁郁,仿佛堵着千言万语。然而,话到了嘴边,他却又一个字都说不出来。

苏远声实在无法可想,只能握住她的手腕,用力往怀里一带,将面前的小女人紧紧箍在自己的怀里。

韦清乖顺地依偎在他的肩头,听到他的心跳声,沉缓而有力。

虽然他什么都没说,可也不知怎的,她却突然就明白了。

"远声,你有你的苦衷,我从来没有怪过你。"雪白藕臂轻轻环住他的腰,她轻轻地开口,声音很软,也很温柔,"你也别责怪自己,好不好?"

他的眼眶微微泛红,声音却平静如常:"等任务结束,我会把一切都告诉你。"

他以为韦清会像以前一样,顺从地点头说"好"。

可是这一次,她却没有这样做。

"如果这次拿不到'鲸鲨之吻',我们真的会死吗?"

她问得这样直接,以至于他连说谎的余地都没有。

"不会。"苏远声解释道,"除非物尽其用,否则V不会那么轻易就杀了她的资源。"

韦清心事重重地"哦"了一声,隔了半晌,又问:"那……名单上那些人呢?"

他下意识地皱了皱眉,末了,坦诚地回答说:"这就说不准了,要看她的心情。"

两个人静静相拥，本该有无限温柔。
然而，韦清却一直把脸颊埋在他的胸口，像是在逃避什么。
静默在彼此之间蔓延，过了很久，韦清才再度开口。
"如果没有那份'死亡名单'，你根本就不会接这个任务。"陈述句。她不需要他回答，因为她很肯定这个答案。
苏远声无言以对，只能沉默，将她抱得更紧，用温厚的手掌一下一下抚摸她的头发。他能感觉得到她竭力控制的颤抖，他多想，再给她更多一点的温柔。
他的怜惜那么明显，令她心颤而动容。
"远声，我心里不糊涂。V之所以笃定我们会接受她的威胁，不是因为你，而是因为我，因为我的胆怯和软弱。"她的声音有些哽咽，然而说出的话却条分缕析。
没等苏远声回答，她又自顾自地说下去。
"不管你隐瞒我什么，归根结底，都是在保护我。别说怪你，我甚至在担心你会不会怪我——因为我一直都知道，我才是我们两个人的软肋……"
这些悲哀的想法堆积在心底，几乎快要把她逼疯。
如今，深埋已久的自责与内疚都得到宣泄，韦清如释重负，眼泪便也像开了闸的洪水似的，不听话地夺眶而出。
热泪一点一点氤湿了苏远声的衣襟。

堂堂七尺男儿，不畏强权、不畏风雨，甚至不畏生死。却唯独绕不开爱人的眼泪。苏远声紧抿着嘴唇，只觉得自己的一颗心都被她的眼泪灼得生疼。

如今的他，早已不是从前那个善于安慰女人的苏二少爷。可是为了韦清，他却愿意绞尽脑汁，从脑海中搜罗一些令人宽慰的话语。

"两个人相爱，在一起风风雨雨、磕磕绊绊，本来就算不清谁对谁错。清儿，你说是不是？"他的声线低沉而温柔，气息呵在她的耳畔，有种说不清的暧昧与温暖。

她闷闷地点头，委委屈屈地说："道理我都懂，可我……我只是不想拖累你。"

听她这么说，苏远声反而笑了："要是这么说的话，其实我也一点都不想拖累你。你仔细想想，我当初是不是拼了命地躲你？"

韦清假装听不懂，撇着嘴巴不说话。

他于是又继续说下去："可结果呢？是谁像个小跟屁虫一样，从帕罗尔一路跟我到岚城的？现在跟我讲什么拖累不拖累的，会不会太迟了，嗯？"

这不是斥责，而是安慰。

苏远声和韦清一样，都习惯用"一报还一报"的方式安慰人，所以她一瞬间就懂了。

"远声，你记不记得？之前，你说我温柔、宽容。其实当时我就在想——我面前的这个男人，才是这个世界上最温柔、最宽容的人。虽然他自己不知道，可我一直都知道。"

她抬眸凝望他的脸，一双眸子湿润而清亮。

那一瞬间，苏远声忽然心跳如鼓。

他想起很久以前在书中看过的诗句——你的眼里是星辰大海。

2

午饭过后，韦清和苏远声从公寓出发，乘着V派来的越野车，往海岸驶去。

车辆还未抵达港口，韦清已经远远地看见了楚凌和教练的身影，而站在他们旁边的身穿西装的男人，正是顾西离。

她在脑中飞快地思索着目前的情形，几乎可以断定，等待他们的绝不是什么善局。

由于车里有V的人在，所以韦清并没有轻举妄动。她只是不动声色地瞧了苏远声一眼，彼此交换一个颇有深意的眼神，以此代替言语的交流。

很快，车在码头附近稳稳停住。

苏远声率先开门下车，韦清紧随其后。

楚凌已经站在艳阳底下等待了好一阵子，此刻见到韦清的身影，立刻从不远处跑过来，不由分说就把她拽到了一边。

韦清视线一扫，发现楚凌有意背着苏远声，心里顿时明白了大概。

她抢先开口，想阻止楚凌的"好言相劝"。

"楚凌，你——"

可惜，楚凌却没有耐心听完。她直接打断韦清的话，兜头兜脑地说出了真相："你个傻丫头，你知不知道'鲸鲨之吻'藏着军火信息啊？！"

韦清怔了一瞬，拧着眉头反问："是顾西离告诉你的？"

"是啊！顾老板派人查清楚真相，特意赶过来告诉我们的。"楚凌又是后怕又是埋怨，语速明显比平时急促了许多，"多亏有他，要不然我们可要被你男朋友给害惨了！"

韦清神色不悦，义正词严道："远声从来都不想伤害我们！你可以对他抱有偏见，哪怕在背地里偷偷骂他都行。但是，你不能当着我的面，这样不分青红皂白地冤枉他。"

她顿了顿，不等楚凌开口，又加重语气继续说："也许他并不在意旁人如何看他，可我却不能坐视不管。我会站出来维护我爱的人，这是本能。"

楚凌冷哼一声，回敬道："我哪里有什么偏见？又哪里冤枉他了？！事实就摆在眼前，只有傻子才会被他哄骗，甚至还替那个危险分子找借口！"

楚凌心里也憋屈，觉得自己一片好心却被当成驴肝肺，因而讲话语气越发犀利起来。

韦清抿着嘴唇和她对视片刻，无奈地摇了摇头。

"你说我傻，我没得反驳。的确，不管是你还是顾西离，甚至连教练都曾劝我离他远一点……"韦清幽幽叹了口气，复又继续说下去，"可是楚凌啊，你们都不了解真相，也不了解他。这件事情并不像表面看起来那么简单，背后有很多错综复杂的关系是你们不清楚的。"

楚凌挑眉追问："比如说呢？"

韦清欲言又止半晌，只憋出来四个字："……我不能说。"

人的心里一旦藏了太多秘密，就会不堪重负，甚至连呼吸都觉得吃力，像个迟暮老人。毫不夸张地说，韦清现在的感觉就是如此。

可她还是坚持守口如瓶，不愿让无辜的同伴知道有"死亡名单"这回事。

她的目光笔直地落在楚凌的脸上，而眼角余光则有意无意地瞥向不远处的顾西离和付刚。有那么一瞬间，韦清心里忽然生出一种极为强烈的责任感。

如果说，陪着苏远声铤而走险是她自己的选择，那名单上的其他人就真的是身不由己，在毫不知情的情况下被她拖下水的。

再怎么亲密的关系，也不该建筑在死亡的砖瓦上。

韦清明白，自己必须尽力护他们周全。

眼下正是执行任务的关键时期，假如楚凌知道这次潜水关乎性命，不知她还能不能稳住心性。不论如何，韦清不敢冒这个险，所以也没有退路可言。

楚凌不懂韦清的苦心，自然对她的答案极为不满。

"不能说？"楚凌忍无可忍地嗤笑了一声，冷声说道，"谁知道究竟是不能说，还是压根就没有什么好说的……"

韦清良久无言，心中莫名就有点悲戚。

"楚凌，我们姐妹这么多年，我什么时候骗过你？以前你都信我的,可这一次,你为什么就是不肯相信我说的话呢?"

楚凌振振有词地回答说:"恋爱中的女人,哪一个不是满脑子的盲目崇拜?你这么固执,叫我怎么相信你?"

"可是你就没有盲目崇拜的时候,你就不固执吗?"韦清虽然没有指名道姓,然而目光却不偏不倚地落在了顾西离那边,"他说的每一个字你都全盘接受,这样就很正常、就不值得推敲和怀疑?"

楚凌被她噎得哑口无言,只能怒目而视。

韦清也意识到自己这话说得太尖锐了,连忙上前一步牵起楚凌的手,低声软语地向她赔不是:"对不起啊,你别生我气了,我知道你是为我好,刚才我……"

不待韦清反思完毕,楚凌就打断了她的话。

"算了算了,为了个男人闹得姐妹相争,多不划算。"她装模作样地白了好友一眼,故作幽怨地叹息着说,"更何况,还不是我的男人……"

韦清见状,便知道她不是真的在生气。

姐妹两个心照不宣地转移话题,几番嬉笑过后,天大的不愉快也都化作了过眼云烟。

3

这次的任务非同小可,V慎之又慎。她调动了数以千计的精兵强将,沿着海岸线布下了重重警戒。别说是不相干的闲杂人等,就连人畜无害的海鸟都不允许在这片海域上空盘旋。

饶是顾西离这样有头有脸的大人物,也敌不过V的铁腕强权。

他和付刚一样，止步于岸边，忧心忡忡地看着韦清登上游艇，和楚凌、苏远声一同往海洋深处驶去。

"他们会平安回来的。"顾西离淡淡地开口，也分不清是在自言自语，还是对付刚说的。

付刚"嗯"了一声，不愿再多攀谈，只是静静地目送那艘游艇渐行渐远。

子曰"三人行，必有我师焉"，可楚凌却不以为然。

在她看来，三人同行，必有一个闪闪发光的灯泡。并且很不走运，她所扮演的角色就是那个横亘在韦清和苏远声之间的，不招人待见的大灯泡。

全世界的情侣似乎都是"秀恩爱狂魔"。

他们天生自带技能点，可以随时随地伤害单身狗，不遗余力，也不念旧情。

楚凌对此早就有所预见，因而未雨绸缪，自己默默地钻进了凉爽船舱，只把风吹日晒的甲板留给韦清和苏远声。就让他们享受宽敞安静的二人世界，做一对快活的炭烧情侣。

苏远声瞥了一眼紧闭的舱门，轻笑着说："还挺识趣。"

韦清有点儿尴尬，小声嘀咕："楚凌这会儿肯定在心里骂我'重色轻友'呢……"

苏远声扭头瞧了她一眼，一板一眼地纠正她："怎么能说是'骂'呢？'重色轻友'明明是个褒义词，应该叫'夸奖'才对。"

"你少狡辩了!"韦清语气娇嗔,故意和他闹,"要不是你缠着我,我哪至于堕落成今天这样。"

他被她瞪了一眼,反倒笑了起来。

"是我从帕罗尔一路缠着你到岚城的?"

"还有完没完了啊?怎么又拿这事儿数落我……"她委委屈屈地撇了撇嘴巴,过了一会儿,又自觉地转移话题,"远声你说,我要不要过去陪楚凌说说话?"

他想也没想,斩钉截铁地吐出俩字:"不要。"

这倒是有点出乎韦清的意料。

她歪着脑袋打量他片刻,笑着说:"你这人,可真够霸道的。"

苏远声半晌没有接茬,只是静静地看着她,目光里渐渐没了玩笑的意思。

韦清觉出不对劲儿来,正要开口问他怎么了,就听到苏远声主动说:"清儿,我有正事必须得跟你讲,她在不方便。"

情绪这种东西其实十分微妙,有时极难被旁人察觉,有时又仿佛会传染似的。

韦清就很容易被苏远声的情绪所感染。比如此刻,他的笑容逐渐收敛,她便也不再说说笑笑,而是变得和他一样,严肃而坦诚。

她抬头和他对视,一本正经地问:"是什么事?"

他也不兜圈子,直接答道:"等会儿潜到沉船里面,不管发生什么情况,你都不能去碰'鲸鲨之吻'。这东西必须我亲手带回来。"

韦清默默地移开了视线:"这个你之前就告诉过我。"

"三番五次强调,可见是有多重要。"他见她有闪躲之意,便又问,"清儿,能做到吗?你得给我一个保证。"

她迟疑了一会儿,还是坦诚说出自己的考虑:"可是你也知道,海底情况千变万化的,谁也保不准会不会出什么差错,万一要是……"

苏远声打断她的话,干脆利落地说:"如果真有万一,宁可东西不要了,先保命。"

"但如果由我来拿'鲸鲨之吻',既能保命,又能完成任务呢?"

"那也不行。"

"为什么?"她抬起头,迎上他的视线。

他垂眸看着她,不答反问:"你知道原因的,不是吗?"

韦清似乎没想到他会这样问,不由得怔了片刻。

她心里虽然七上八下的,可表面上还是装作四平八稳,略带挑衅地说:"你什么都没告诉我,我怎么会知道?"

苏远声暗想——揣着明白装糊涂,说的大抵就是她了。

可他不会给她机会蒙混过关。既然韦清已经知道了"鲸鲨之吻"的秘密,他也就不介意再重复一次了。

"楚凌说得没错,'鲸鲨之吻'不是普通的项链,它的确藏有军火信息。"

韦清有些迟疑,试探着问:"刚才我和楚凌的谈话……你全都听到了?"

苏远声在她面前也不刻意掩饰什么,坦诚地承认:"八九不离十吧。"

"海风那么吵,我们离你又那么远,竟然还是能听到!你这耳朵……"她眨着眼睛看着他,憋了半晌,才想到应该怎么形容,"也真是神奇。"

苏远声意味不明地笑,凑近她的耳边,低声说:"我比普通人'敏感'很多,你又不是不知道。"他故意强调"敏感"二字,而且语气暧昧得一塌糊涂。

韦清被他戏弄得心慌意乱,耳根发烫,面颊红得像要滴出血来。她轻轻咬住下唇,在心里暗骂——简直痞子气十足!这个浑蛋,一定是故意的……

本来任务在即,她就很紧张。此刻,他离她很近,两个人的气息纠缠在一起,悄无声息地落在温热的海风里,更令人手足无措。

韦清本能地想要逃走,却突然想到什么,蓦地瞪圆了眼睛看向苏远声,结结巴巴地问:"你、你刚才有没有听到什么……呃,不该听的?"

他颇有兴致地挑了挑眉,反问:"哦?有什么是我不该听的,你说说看?"

"我才不上当呢!"她佯作怒意,可是越说越没底气,视线游移闪躲,声音也渐渐低下去,"我说了你不就都知道了吗……"

她明明勇敢到可以与他生死相依,却又在这一刻变得无比脆弱,甚至连自己的一腔热忱都怯于承认。她这才恍然明白,原来爱一个人,真的会卑微到尘埃里。

这样的韦清,令苏远声忍不住心生爱怜。

他轻不可闻地叹息一声,伸手把她揽到自己怀里,一手环住她的纤纤细腰,一手温柔抚摸她柔软的发丝。

韦清乖顺地任他抱着,耳朵贴在苏远声的胸口,小心翼翼听他的心跳声。

他沉默了有一阵子,然后才再度开口,一字不漏地重复她说过的话:"也许他并不在意旁人如何看他,可我却不能坐视不管。我会站出来维护我爱的人,这是爱的本能。"

"……你都听到了。"她的声音极轻极低,带着点儿不易察觉的委屈。

"嗯,听到了。"

"那你别笑话我。"

"笑你什么?"

"我当时和楚凌说的那些话,是挺不自量力的。"她自知力量微薄,虽然心里一直很坚定地想要维护自己的爱人,可很多时候,她其实做得远不够好。

他弯着嘴角浅浅地笑着,语声温柔地说:"傻丫头,你知道吗?我这辈子再找不到第二个女人能像你这样了。"

韦清不懂他的意思,喃喃地问:"我怎样了?"

"你对我好,想尽了办法护我周全。"

"有吗?"她不相信自己。

可他相信她,所以答案只一个字:"有。"

韦清心中慨然，久久说不出话。她只能傻傻地仰着头，凝视他的双眸，用视线一点一点地描摹他英俊迷人的轮廓。

苏远声也垂眸望着她，目光清澈柔情，犹如阳春三月偶然邂逅的桃花潭水。

两人沉默了有一会儿，苏远声又提起刚才的话题。只不过这一次，他主动放低姿态，不再用之前那样坚决的语气给她颁布禁令。

"清儿，我为什么不让你碰'鲸鲨之吻'，其实你心里清楚原因的，是不是？"

韦清咬着嘴唇不回答。

于是，他语重心长地给她摆道理："军火这东西沾不得。像这种既能换钱又能换命的机密，全世界不知道有多少恶狼都在盯着。一旦经过谁手，谁就会成为众矢之的。"

就是因为这个原因，他说什么也要亲自执行V交代下来的任务。不会自由潜水他可以学，一次拿不到"鲸鲨之吻"他还可以再多试几次，但是，他绝不能让她涉险。

直到这时，韦清才低低地开口："你是怕我招惹是非，我当然明白。可是远声，我对你的心思也是一样的啊……我也不想你成为众矢之的。"

他抿唇笑了笑，一副完全无所谓的样子，自嘲道："就算没有这件事，我的仇家也已经遍布世界各地了。都说'虱子多了不痒'，再多几个敌人也没什么关系。"

"你倒是想得开。"

"危险分子的身份摆在这里，想不开也得强迫自己想开。"他收敛了笑容,心底莫名有些发涩,"可是清儿,你和我不一样,你一个清清白白的姑娘……"

不等他说完,韦清就"扑哧"一声笑了。

"笑什么?"苏远声不解地问。

她莞尔,半开玩笑半认真地反问:"我还清清白白?我跟着你这么个'危险分子'浪迹天涯,能清白到哪里去?"

"你这么说,好像也有点儿道理,毕竟'嫁夫随夫'嘛。"

韦清点点头,沉默片刻,又说:"远声,不然我还是老实跟你承认吧……"

他没作声,目光示意她继续说下去。

"我之所以那么固执,其实也不全都是为了你……"她有些难为情,不自在地摸了摸鼻尖,"还有另外一个很重要的原因,是为了给我自己找点儿心理平衡。"

"心理平衡?"苏远声一头雾水,"是有什么事情让你不平衡了吗?"

韦清回忆起两人重逢之后的一桩桩、一件件,心里不由得有点委屈。她嘟着嘴巴,小声说:"当然有啊,而且有很多呢……"

苏远声听了这话,显然更纠结了。

……所以究竟是什么情况?不仅有,而且还有很多?!他平时真的有那么粗心吗,竟然一直都没感觉到她的不悦。

他心里纳闷,不由得连连追问:"比如说呢?能不能说几个具体的例子?"

韦清认真想了一会儿,摇摇头说:"一时还真想不起来什么具体的例子。不过能肯定的是——自从在帕罗尔岛见到你和佐藤洋子一起逃亡,我就开始羡慕她。后来V出现在西郊,我就更觉得望尘莫及……"

苏远声听到这里才恍然大悟:"原来你说的'心理不平衡'指的是这些。"

她点了点头,在心里默默地对自己说——承认吃醋其实也没什么大不了,虽然有点丢人,但也算是很勇敢。

女人真是一种神奇的生物,这是苏远声此刻最大的感触。

他兜了这么大一圈子,总算明白了韦清的小女人思维,不禁觉得好气又好笑。

可是归根结底,他心里还是感动更多。

她之所以在意这些,是因为想要参与到他的人生里。一个从小在孤儿院长大的姑娘,绝不可能热衷于危险。苏远声知道,她不过是热衷于他这个危险的男人罢了。

"清儿,如果我真是个十恶不赦的浑蛋,你会怎么办?"

这个问题不难回答,可是很难回答出新意。

韦清歪着脑袋想了一会儿,然后问他:"远声,之前你给我看过《倚天屠龙记》。那你还记得书里面,赵敏是怎么回答这个问题的吗?"

不等苏远声回答,她便自顾自地给了答案:"那时我嫁魔随魔,只好跟着你这小魔头,自己也做个小魔婆了。"她的语气带着娇嗔,竟真有几分敏妹的味道。

看似玩笑话，可藏在其中的情深义重，彼此都心知肚明。

苏远声故意板起脸，学着金庸笔下的张无忌，喝道："大胆妖女，跟着苏远声这浑蛋造反作乱，该当何罪？"

韦清莞尔一笑，也很懂得配合。

"罚你二人在世上做对快活夫妻，白头偕老，死后打入十八层地狱，万劫不得超生。"书中美人是这么说的，她也是。

四目相接，温存脉脉，情愫在胸腔里悄然发酵。

他不知如何用言语表达，只能紧紧拥抱她，仿佛这样就能将这个惹人爱、惹人心疼的女人揉进自己的骨子里。

情正浓时，身后却突然传来两声不合时宜的咳嗽。

"咳咳，那个……"楚凌从船舱里面走出来，"打扰两位一下。"

韦清有些赧然地推开苏远声，故作平静地望着楚凌，说道："没关系，怎么了？"

楚凌一脸漠然："哦，其实也没怎么，就是突然发现游艇已经停下来了。"话外之音再明显不过——你们两个能不能别只顾着你侬我侬！这任务到底还做不做？！

韦清红着脸，俨然尴尬至极。

作为一个被他们伤害多次的单身人士，天知道楚凌要有多努力，才能良心未泯地给他们留个台阶下："这是抛锚了，还是已经到达潜水点了？"

韦清好不容易逮住这么个机会，当然要顺水推舟。

只见她"思考"片刻，慎而又慎地回答说："我觉得……应该是到了。"

4

　　海上天气多变，方才还是艳阳高照，此刻却已有些阴沉。
　　清谷海峡的上空，笼罩着大团大团的阴翳云朵。然而阳光依然还在，它从云层的缝隙间穿过，带着磅礴的力量，将云霞的边缘晕染成妖冶而壮丽的金色。
　　眼前的风景有种说不清、道不明的诡异，却又让人不敢违逆，恰如V带给人的感觉。
　　游艇按照之前预设好的经纬坐标，精准地停在海底沉船的正上方。
　　在离它不到二十米远的地方，泊着一艘巨型游轮。金发碧眼的混血女人就站在游轮的甲板上，双手撑住围栏，居高临下地打量着那些为她卖命的人们。
　　楚凌第一次见到传说中的雇佣军团大Boss，免不了有点儿惊讶。即便亲眼所见，她还是难以置信——这么风情万种的女人，竟然是个冷如蛇蝎的女魔头。
　　韦清和苏远声并肩而立，略带挑衅地抬起头，迎上V的视线。
　　这是两个女人之间的无声较量，一个高高在上，一个傲骨铮铮。
　　对峙只持续了短短十几秒，很快，韦清便觉得有些无趣。若是没有本事与她为敌，单像现在这样大眼瞪小眼地较劲，又有什么价值呢？
　　韦清抿紧嘴唇，打算率先移开视线。

就在这时，游轮上的女人却轻启朱唇，对韦清说了一句话。

海风呼啸作响，相比之下，V的声音实在微不足道。
"你听到她在说什么了吗？"楚凌扭头问韦清。
韦清答道："没有。"这倒也算不得谎话。
风声那么扰人，她的确什么都没听到。
可是，生活中似乎极少有人知道——在患有自闭症的几年里，韦清经常和聋哑人交流。久而久之，她不但精通哑语，而且连唇语也学了个八九不离十。
V一定吃准了她的特点，所以才在这个关键的节骨眼上，用这种特定的方式威胁她。
韦清恨得咬牙切齿，与此同时，却又心惊胆寒。
如果没看错的话，V刚才说的是："如果拿不到'鲸鲨之吻'，我保证，会让你亲眼看着你的伙伴们如何一个接一个地死去……"

这边游艇上，苏远声和楚凌都已经戴上潜水面镜，并且换好了水母衣。
眼看着天色越来越暗，韦清也不敢再耽搁。她钻进船舱，不到一刻钟就准备妥当。
"你忘了这个。"韦清将一个小巧的物件递到苏远声的掌心。
苏远声垂眸，看到是从她床头柜里翻出来的指北针，一时有些怔忪。
良久，他握紧手心里的罗盘，低哑地说："走吧。"

"嗯。"她轻轻应着，像在完成一次肃穆而庄重的诀别。

命途漫漫，在这数十年的光阴里，每每向前行走一步，都有可能刚巧踏在生与死的转折点上。这是一场豪赌，没有人能预知输赢。

韦清转头望着苏远声的侧脸，心中感慨万千。她心里堵着千言万语想对他说，可是仔细想一想，又觉得那些情话，远声应该很早就知道了。

她索性沉默，跟在他身后，一步一步地靠近命运的深渊。

双脚离甲板边缘越来越近，韦清知道，这一刻终究还是来临了。她遁无可遁，不知道自己这一去还能不能回来，也不敢想太多。

不是贪生怕死，只是很怕与他分离。

纵身入水的一瞬间，韦清的脑海里忽然闪过很多画面。

她看到初识那年的满树繁花，也恍惚看到他一个人的金戈铁马。然而最后定格在内心深处的，还是在西郊别墅里，他们相拥在一起，抵死缠绵的画面。

从那时开始，她就是他的女人，生死无悔。

海平面上冷风阵阵，水下却温暖宜人。

韦清找准沉船的入口，感知洋流的走向，然后款摆轻盈身姿，在最前面领军开路。苏远声紧随其后，一边下潜，一边利用回声定位校准方向。楚凌负责断后，因而下潜得最慢。

在远离阳光的海洋世界里，一切都在井然有序地进行。

几个人潜到船舱附近停下来，绕船观察，发现仅有的三个舱门都关得严丝合缝，只能从旁侧的窄窗进入舱体。

韦清和楚凌身材清瘦，很容易就通过了窄窗。

苏远声虽然人高马大，但好在常年训练使得身体比普通人灵活。只消几秒钟，他便也顺利进入船舱，和她们两人会合。

舱室里和预想的一样，密不透光，黑暗而死寂。

韦清望了望周围，觉得眼前漆黑一片，根本没办法观察路线。所幸，他们出发之前就有所准备，因此每个人都带了潜水专用的双灯源头灯。

头灯所提供的光线虽不足以将暗夜照成白昼，但至少可以把四周的环境勾勒个八九不离十，如此一来，人类对黑暗的本能恐惧就会缓解很多。

韦清给苏远声递了个眼神，示意他不要轻举妄动，先等她判断一下这里的情况。

苏远声点点头，识时务地停留在原处，踩水等待。

一般来说，沉船里潜水不需要担心洋流和漩涡，但要格外留意舱室里的海洋生物。论起对海洋生物的了解程度，整个岚城恐怕也没人能比得过韦清。

这座城市其实不乏海洋专家，可他们只把海洋当成研究对象。

韦清却与他们截然不同，她对海底世界的了解，完全是出自于本能。自从在日本拜了海女为师，她就已经把自己当成了海洋的一部分。

因为完全融入其中，所以了解。又因为了解，所以懂得如何与其温柔相处。

韦清知道，很多海洋生物都喜欢潜伏在相对黑暗且又封闭的环境里。根据以往的经验，像这样沉了有些年头的巨轮，几乎无一例外，全都变成海底动物园。

她轻盈游动，在周围四处转悠，很快就发现了异样。

直到这时，韦清才终于明白，为什么这艘沉船在清谷海峡里安安静静地待了这么多年，却一直没人能取走"鲸鲨之吻"。

因为这个曾经高贵奢华的空间，现在只能用"剧毒之林"四个字来形容！

从驾驶室到乘客走廊，再到大大小小的客房，几乎整个船舱的地板上都遍布着奇形怪状的"礁石"。若是仔细观察，不难发现这些"礁石"还会时不时地进行小范围地移动。

不熟悉深海生态的人，很可能只把它们当成无害的石头，可韦清却很清楚——这绝对不是什么"礁石"，而是幽居深海的石头鱼！

在整个自然界里，石头鱼可以称得上是"剧毒之王"。它的背刺含有毒液，一旦不小心被它刺中，就是神仙来了也无力回天。

资深潜水员参加国际比赛时，不慎误踩了石头鱼，结果比赛还没结束，人已经命丧当场。类似这样的新闻报道，韦清早就看过不知多少次。

以前她只知道石头鱼生长在亚洲，却不知道，原来它们都藏在岚城海域，藏在清谷海峡，藏在他们不得不去探索的沉船里！

她胆战心惊，却不得不强迫自己冷静下来。

返身回到苏远声和楚凌身边，她急切地打着手势，将自己探到的情况告诉他们。

　　苏远声不愧是从血雨腥风里走过来的军人。即便在这样一个恐怖得令人发指的环境下，他依旧表现得从容自若，并且心有余力，还可以有条不紊地指挥她们。

　　他让楚凌在外面等候，算是几个人里的最后一道保险。

　　事实上，他打心底里希望韦清也和楚凌一样，留在安全地带等他回来。不过他很理性，并没有将这个想法告诉她。

　　用膝盖想想也知道，韦清绝对不同意和他分开。

　　与其纠结这个浪费时间，还不如两个人一起前行，速去速回。

　　前F国第一夫人搭乘的巨轮，自然是很有排场的。

　　走廊十分宽敞，即便被石头鱼占去了部分空间，也足够容纳两个人并肩通过。苏远声牵着韦清的手，和她一起小心翼翼往走廊尽头潜去。

　　苏远声自己倒是没觉得有什么可怕的，大不了生死一命。可他却很怕韦清被底下的石头鱼误伤，所以一直在不动声色地调整身体的位置，始终保证自己在她的斜下方。

　　早在出发以前，苏远声就已经查过资料，根据这艘沉船的型号找到它的内部结构图，并将其熟记于心。眼下有指北罗盘引导着方向，想找到V所说的"长方形匣子"并不是难事。

　　不到半分钟的工夫，他们已经抵达走廊的尽头。灯光稍往远处探照，便可以清晰地看到一个长方形铁匣。它有圆润周正的棱角，有精致绝伦的雕花，像是一件艺术品。

首饰盒子已经如此华丽，那么，盛于其中的宝石该是如何价值连城，也就不难猜想了。

　　苏远声略微抬起头，和韦清对视一眼，示意她不要轻举妄动。
　　韦清听话地点了点头，通过手势和他交流。
　　"确定是在这里？"
　　"确定。"
　　"那你多加小心。"
　　"好。"
　　他正要开始行动，却忽然感觉到韦清从身后环住他的腰。
　　苏远声转过身来面对她，眼神中有不解。
　　"怎么了？"
　　"我就在这里守着你。"
　　"好。"
　　"我爱你。"
　　"我也爱你，相信我。"
　　韦清没再说什么，只是静静凝视他的面容，满目深情和不舍。她多想就这么一直看着他，一看就是一辈子。
　　可也说不清是为什么，她忽然就觉得惊惶无措，心里无端生出一种清晰而不祥的预感，仿佛从今往后，她再也看不到这张令她魂牵梦绕的脸……

　　关于韦清这异乎寻常的感性，苏远声其实或多或少是有所察觉的。

他朝她伸出手,温热的手掌轻轻贴在她微凉的脸颊上,似乎想用这种沉默的方式给予她力量。

可他也只能做到这样,因为实在没有更多的时间去感受儿女情长。

从他们开始下潜到现在,已经过去了整整两分钟。余下的时间并不充裕,行动迫在眉睫。

苏远声必须在二十秒钟之内拿到"鲸鲨之吻",然后立刻带她离开沉船,和楚凌一起迅速上浮。

打定了主意便不再多想,他强迫自己狠下心,抽手转身,直奔目标而去。

韦清下意识地伸出手,想去挽留他,终究还是悻悻作罢。

隔着扭曲的海水,她默默望着苏远声的背影,心中酸涩难当,竟无法抑制地流下眼泪来。

温热的泪珠在潜水面镜里无声无息地蒸发,氤氲成薄薄一层雾气,模糊了她的视线,也模糊了她最熟悉的身影。

和苏远声预想中一样,铁闸的闭合处设有密码锁扣。

入了雇佣兵这一行的人,没有几个不精通密码学的。苏远声作为 V 着重培养的精兵,脑海中早就存储了数以千计的加密原理。

为了确保万无一失,他最近甚至还专门整理过 F 国历史上曾经出现过的所有加密手段。

此时,他凑到近旁,眉头拧成一个结,聚精会神地研究盒子上的密码锁。

只用了不到八秒钟的时间,他就听到锁扣发出微乎其微的"啪嗒"声。

对他来说,破译密码并不是什么难事。可他有些担心铁匣年久生锈,并不容易开启。

值得庆幸的是,事情远没有他想象中那么纠结。

锁扣打开的同时,铁匣也应声而开。

呈现于眼前的璀璨珠宝,正是他们要找的"鲸鲨之吻"!

现在只要他们平安回到游艇上,把这个罪恶之源交到V的手里,整件事情也就算是结了。

苏远声将项链紧紧攥在掌心里,心里总算是稍微松了一口气。他又回到韦清身旁,一双如墨似玉的眸子直直地望着她,目光里带着温暖的笑意。

他下意识地扬了扬手,有些孩子气地向她炫耀自己带回来的战利品。

韦清的视线从那璀璨的宝石项链上一扫而过,然后落回到他的脸上。

他是那么优秀的男人,很多事情普通人连想都不敢想,而他却总有办法做到。

韦清打心底里为他骄傲。就像她曾经说过的那样——不管多少年过去,这个名叫苏远声的男人,始终是她的宿命,亦是她最真实的信仰。

两人交换手势，决定立刻离开沉船。

韦清和苏远声并没有因为拿到了"鲸鲨之吻"就掉以轻心。

沿着走廊返回的路上，他们依旧小心翼翼地看顾着周围的石头鱼，生怕在这最后的关头闹出什么乱子。

明明一切都在按部就班地进行着，可韦清却突然觉得心里一紧，仿佛之前的不祥预感马上就要成真……

她甚至还没来得及调整自己的情绪，就赫然看到不远处，一个网球大小的不明物体正极快速地朝他们这边移动，并且，直奔苏远声而来！

下一秒，韦清终于看清了它的样貌。

那是海洋世界里赫赫有名的蓝环章鱼，毒性位居全世界第四位。别说是普通鱼群，就连体积庞大的鲸鲨见了它都免不了要闻风丧胆！

危险猝然来袭，韦清来不及多想什么，几乎是凭着一种生物本能，下意识地扑到苏远声的身上，用自己的身体替他挡下了蓝环章鱼的攻击。

只要是为了他，死而无憾。

蓝环章鱼所释放的毒素，从后颈的伤口侵入韦清的身体，很快就蔓延至全身。

意识虽然保持清醒，然而毒素阻隔了神经的传导，使她在短短一瞬间就失去了最基本的行为能力，甚至连呼吸也需要依赖他人。

视线越来越模糊，她已经看不清楚苏远声的脸。可是很神奇，她却还能感受到他忧急的目光,也知晓他正拼尽全力把她带回到游艇上。

在黑暗里,韦清能感觉到周身开始有洋流涌动。她便知道,苏远声已经带她离开了那艘令人毛骨悚然的沉船。他们又重新回到深海的温柔怀抱里。

身体疼痛得像被人拆了骨架,可韦清的心里却是满足而安宁的。

她痴痴地想——自己终于也可以为他做些什么了。

她终于不用再羡慕佐藤洋子对他的付出,不用再嫉妒V对他的栽培和保护,亦不用再耿耿于怀,遗憾自己曾在他生命里缺席了那么多年。

归根结底,这其实是一场盛大的自我救赎。

以爱为筹码,以全部的身家性命为赌注。

第九章 未曾言说的往事

1

岚城中心医院,三层 ICU 病房。

高科技的医学监测仪器一刻不停地工作着,韦清被它们包围在中间,沉沉睡着,有点儿像是科学家实验室里奄奄一息的小白鼠。

由于 ICU 只允许一位家属留在病房里陪护,楚凌和顾西离他们自然都被挡在了门外,只有苏远声一人陪伴在韦清的病床旁边,昼夜不休。

外面的走廊里人来人往,有医护人员讨论患者病情,有病人家属问东问西,时不时地,还有人因为家属离世而难过得哭天抢地。

ICU 病房的门窗隔音效果很好,韦清在屋子里面安心休养,不会受到太多的打扰。

对于患者来说,清静的环境当然是有百利而无一害的。可是对苏远声而言,却完全不是那么回事。

此时此刻的他，几乎可说是害怕安静的。一旦没了旁人叨扰，他就总是不自觉地回忆起今天下午，在清谷海域发生的一切。

当时韦清突然挡在他身前，苏远声心里一惊，立刻意识到出了大事。

彼时，再想保护她已经来不及了，而他唯一能做的，就是立刻带她逃离这个鬼地方，然后再想办法进行急救。

眼看着韦清的身体变得僵直，苏远声心急如焚，却又不得不强自镇定。

他绝不能就这么死了，而他深爱的女人，也必须要活下去！

逃出沉船后，有楚凌做接应，三人很快便回到游艇上。

苏远声顾不得什么军火不军火，也无暇理会那串项链是否真的价值连城。他信手把"鲸鲨之吻"抛给楚凌，冷声说："这就是V要的东西。"

楚凌一愣，迟疑地反问："我、我去给她？"

苏远声没再回答，只是全心全意地照顾韦清。

他一边用手掌紧紧按压她的伤口，一边埋头给韦清做人工呼吸。

苏远声虽然不像韦清对海洋那么熟悉，但像蓝环章鱼这样出了名的剧毒生物，他还是能够辨认出来的。

稍具备野外求生常识的人都很清楚，蓝环章鱼所分泌出的河豚毒素，具有极强烈的破坏性。如果不能在半小时内进行紧急救援，那么，伤者根本没有生还的可能。

眼下若想保住韦清的命，他必须一刻不停地为她做人工呼吸，以此供给充足的氧气。

除此之外，苏远声能做的便也只剩下祈祷与等待。

随着身体进行自然的机体代谢，体内的毒素浓度将会渐渐稀释。唯有如此，韦清才有可能从昏睡中醒来。

如果她能熬过最初的二十四小时，那么，河豚毒素便不足以致命。

在这个痛苦而又漫长的阶段里，韦清既不能动，也不能讲话，甚至连呼吸也只能依赖于苏远声。她的生命，已经全盘交托到他的手上。

长时间的人工呼吸，对于任何人来说都是沉重的负担，可苏远声却有足够的耐心去承受。

不管怎样，他不能辜负这个女人，不能辜负他们情深一场。

楚凌跳进水里，朝着V所在的巨型游轮游去。

金发碧眼的混血女人居高临下地瞧着她，脸上略带着笑意。她早已命人将安全梯备好，只等着楚凌上来。

楚凌心里牵挂着韦清，手麻脚利地顺着梯子爬到甲板上，然后，用平生以来最快的速度跑到了V的面前。

她盯着眼前的女魔头，心里有怨恨，却没时间咒骂；有畏惧，却没时间顾及。

急匆匆地把"鲸鲨之吻"塞到V手里，楚凌二话不说，转身就要走。

V 却叫住她:"如果让你替她去死,你愿意吗?"

"愿意。"楚凌没有片刻犹豫。

"为什么?"

楚凌顿足,回眸冷冷地瞥了她一眼,语气不善地说:"像你这样冷血的人,说了你也不会明白。"

话音落下,她头也不回地走到甲板边缘,纵身一跃,直奔他们的游艇而去。

楚凌的背影逐渐远离,V 远远地打量着,把她们之间的对话在心里反复琢磨了两遍。

良久,V 攥紧手中的"鲸鲨之吻",脸上浮现出一丝意味不明的笑意。

"不错,有点意思……"

楚凌回到游艇上,立刻进入驾驶舱,语气迫切地对掌舵师傅说:"麻烦您快点儿带我们回岸上!我朋友重伤,真的一会儿也不能再耽误了!"

掌舵的怕误了事,二话不说就掉转方向,载着他们往海岸线行驶而去。

楚凌从驾驶舱出来,本想凑过去看看韦清到底要不要紧。可随着视线一转,她看到苏远声还在给清儿做人工呼吸,于是转过身去,下意识地回避。

她掏出手机给付刚打电话,简单说了这边的情况。她让教练尽快叫来救护车,提前在岸边等着。

做完这些事,楚凌疲惫地倚靠在桅杆上,心事重重地叹了口气。

天知道她有多认真在祈祷,祈祷韦清能平安地渡过这个难关,祈祷她能活下来!

爱情也好,信仰也罢,终究抵不过这条命重要啊……

十几分钟过去,游艇终于停靠在岸边。

救护车已经抵达,付刚和顾西离一起帮忙把韦清抬到车里。

医生迅速将呼吸机调整好,给韦清戴上了氧气面罩。直到这一刻,苏远声才终于放开她。

他不知道自己已经给她做了多久的人工呼吸,此时突然放松下来,只觉得两侧脸颊酸痛难忍,整个人都像虚脱了似的,浑身无力。

稍微缓了片刻,苏远声艰难地开口,哑着嗓子问:"医生,她现在情况怎么样?"

医生是个谨慎而富有经验的中年男人。

他没有立刻回答,而是仔细检查韦清的脉搏,拿现有的仪器测量各种各样的体征数据。

忙碌了有一阵子,他才抬头看向苏远声,不答反问:"从她被咬伤开始,你一直给她做人工呼吸?"

"河豚毒素浓度太大,我看她自己没法呼吸,就一直没停。"苏远声顿了片刻,皱着眉头又问,"怎么,有什么问题吗?"

"没有,你别太紧张。我是觉得你能坚持这么长时间,挺不可思议的。"医生冲他笑了一下,宽慰道,"幸亏你这么做了,否则错过了最佳的抢救时机,就算把她送到医院也很难保住性命。"

苏远声嘴唇动了动,却半晌没有说出一个字。

良久,他才再度开口,语声极轻极低,像在自言自语。

"……我欠她一条命。"

相爱不易,而相守更难。

或许这一辈子,他注定要和她痴缠不休了。

仔细回想,究竟是谁先爱上了谁,又是谁愿为谁肝肠寸断、舍命天涯?苏远声忽然觉得,答案已经不那么重要了。

短短数十年的光阴里,纵是有再多的喟叹,怕是也道不尽那些缠绕在他们命途里的夙愿与因果,爱恨与嗔痴。

他爱她,矢志不渝。

这就足够了。

2

苏远声从回忆里抽回思绪,发现 V 不知何时出现在 ICU 病房外面。

隔着那扇厚重的玻璃窗,她正朝他这边张望,目光里带着漫不经心的玩味和笑意,这令苏远声大为火大!

他瞥了 V 一眼,然后移开视线,又看向病床上那个昏迷的小女人。

目光一旦落回到韦清这边,不由自主就会变得万般温柔。

苏远声伸出手,摸一摸她的脸颊,用最温和的语气哄她:"清儿,外面有些事情需要我去处理。你听话,乖乖地睡一觉,很快我就回来,好不好?"

韦清闭着双眸,呼吸安静,也不知听没听见他说的话。

苏远声等了一会儿,见她仍然没有任何反应,禁不住低低地叹了一声。他俯身靠近韦清,在她额头上印下轻轻一吻,然后站起身来,大步流星往门口走去。

他默默地攥紧了拳头,在心中暗想——有些恩怨,迟早都是要面对的。既然一切祸端因他而起,那么现在,就由他亲自出面解决。

"'鲸鲨之吻'都已经给你了,你还来做什么?"这是苏远声在 V 面前站定以后,开口说的第一句话。

V 没有回答,一双媚眼却盯住他的脸,来来回回看个没完。

苏远声没心情和她对峙,语气不善道:"有事就直说,没事就带着你的'鲸鲨之吻'滚出我视线,从今往后,再别出现在我面前!"

V 轻笑了一声,没理会他的逐客令,只问:"你的'小女朋友'怎么样了?"

"还活着。"

"还会死吗?"

"只要是人,迟早都会死。"

"我是说,过危险期了吗?"

"关你什么事?"苏远声神色冷然,不等 V 回答,又挑着眉毛反问,"怎么,看她还留了一口气,想进去直接掐死了算?"

V 瞧了他一眼,不仅不怒,反倒又笑了。

她从衣兜里摸出一支烟，点燃，吐着烟圈说："我要是真想让她死，你觉得，她还能活到今天？"

这时，有个护士推着医用护理车路过这里，看到V在吸烟，便尽职尽责地叮嘱道："家属，这里不让抽烟的。"

"抱歉，我不知道。"V一边说着，一边掐灭了烟，故意拿言语刺激苏远声，"喏，听到了吧？我也是'家属'呢。"

坐在一旁的楚凌实在看不下去了，她腾地站起身来，冲上去就要和V厮打！可V根本连看都没看她一眼，只是凭直觉左闪右躲，毫不费力就把楚凌耍得团团转。

楚凌知道自己奈何不了她，索性停下来破口大骂："你个杀千刀的女魔头，还要不要点儿脸啊？！你把韦清害成这样，现在竟然还敢跑来假惺惺！还'家属'呢？我呸！狗都不给你当家属……"

这话确实够难听，但还是不足以激怒V。

V不冷不热地睨了楚凌一眼，慢悠悠地说："小姑娘，难道从来没人告诉过你？害了她的人其实不是我，而是你。"

为什么是我？楚凌一怔，很想问个究竟，却又怕结果是她不能承受的。

可V不给她逃避的机会，径自说了下去："你是不是一直都认为，韦清是为了Echo才答应帮我做事的？"

楚凌反问："不然呢？"

想知道答案的不单单是她，还有付刚和顾西离。

可是，V却故意凑到楚凌的耳边，用只有她们能听到的声音，低低地说:"因为我说过,如果她不听我的话,我就杀了你。"

楚凌从来没想过,事实竟会是这样!

她又想起下午刚出发的时候,她和韦清起了争执。

争吵中,韦清说过这么一句话:这件事情并不像表面看起来那么简单,背后有很多错综复杂的关系是你们不清楚的。

当时她不以为意,只当韦清是故弄玄虚。

现在想来,那些盘根错节的细节,其实早已彼此映照,勾勒出事情的真相——

韦清是为了不连累她,才冒险去夺"鲸鲨之吻"的;而苏远声之所以左右跟随,却又是为了保护韦清……

难怪清儿说:你们都不了解真相,也不了解他。

真相如洪水猛兽一般,兜头兜脑地席卷而来,撞得楚凌手脚发麻、心尖发战。她一时站立不稳,踉跄着后退了两步,喃喃跌坐在走廊的长椅上。

她错怪了太多人,误解了太多事,真的提不起勇气再去跟人叫嚣。

料理完楚凌,混血女魔头眼波一转,又把矛头指向了苏远声。

"其实我这趟过来也没别的意思,只不过是想叮嘱你,一定好好照看她。"V朝病房那边瞥了一眼,话里有话地说,"虽然我顶瞧不上你那个'小女朋友',但她暂时还不可以死。"

苏远声目光沉沉地盯着她:"你什么意思?"

"就是字面上的意思。"

"你又想让她做什么?"他语气危险,步步紧逼。

V却不闪躲,反而挑衅地与他对视,以一种类似于调情的暧昧语调,轻佻反问:"你这么聪明,要不要猜猜看呢?"

"V,我警告你——"苏远声一把揪住她的衣领,咬牙切齿地说,"你要是再敢打她的主意,就算你有通天的本事,我也照样要你的命!"

V不再嬉笑,那双妖冶的眸子里,立时透出一股狠绝的杀意。

"好啊,我等着你。"她的声音缥缈而又阴毒,仿佛是从地狱深处传来的修罗之音,令在场的每个人不寒而栗。

话音落下时,V已经踏着高跟鞋,"咔哒咔哒"地走远。她留给苏远声的,只有一道妖娆的背影,还有茫茫未可知的风雨明天……

3

女魔头离开以后,医院走廊里陷入一阵难言的沉默。

过了一会儿,苏远声抿了抿嘴唇,淡淡地开口:"我先回去照顾她。"他微微垂着双眸,没看向任何人,也分不清这话究竟是对谁说的。

楚凌仍然心有余悸,因而并没有搭腔。

付刚一门心思地琢磨着怎么哄一哄楚凌,自然也顾不上和苏远声较劲。

唯有顾西离突然从长椅上站起来,三两步走到苏远声面前,在离他半米远的地方停住了脚步。他什么都没说,只是突然扬起手来,冲着苏远声的俊脸狠狠给了一拳!

这一拳,几乎使尽了顾西离浑身的气力,又准又狠。

苏远声猛地挨了这么一下,不由得闷哼一声,下意识地迅速往后退了两步。他感觉到嘴角的异样,抬手轻轻一抹,发现有猩红的血珠缓慢溢出。

苏远声拳头攥得紧紧的,手背上青筋暴起。

可他并没反击,只是抬眸看向顾西离,眼神幽深且无情。

楚凌发现事态不妙,立刻走上前去,想把这两个丧失理智的男人分开。

事实上,她是有私心的。与其说怕出什么乱子,倒不如说是怕顾西离被人欺负。

苏远声毕竟是雇佣兵出身,近身格斗早就练得炉火纯青。顾西离如果真和他打起来,绝对占不到半点便宜,反而还有可能受他牵制。

"顾老板——"

可惜,楚凌的话才说出口,顾西离已经再度发力。只见他反手又是一拳,毫不留情地砸在了苏远声另外半边脸上!

苏远声的近身格斗术,在整个雇佣兵团里都无人能敌。以他的敏捷程度,绝不会对顾西离毫无防备,更不至于连续两次躲不开攻击。

在场的每个人其实都心知肚明——苏远声是故意不躲的。

顾西离没有再出手,只是情绪仍然激动愤慨,一时半会儿难以平复。

他稍稍退开半步,语气肃然地斥责苏远声:"别以为挨了这两拳,你欠韦清的就算是还清了!"

"我欠她的,这辈子都还不清。"苏远声的声音低不可闻,以至于除了他自己,别人都没能听清。

可是,也没有人敢在这个节骨眼上继续追问。

顾西离半晌没言语,一直等到情绪缓和得差不多了,这才再度开口。

"我告诉你,苏远声,如果韦清醒不过来,我绝对拿你偿命;如果她醒了,我一定立刻带她走,从今以后,你别想再看到她一眼。"

顾西离的语气很平静,仿佛不是在宣战,而仅仅是在宣布自己的一项决定。

苏远声听完却笑了,决绝而坚定地回应道:"你揍我两拳我认了,但要我离开韦清,告诉你,想都不用想。"

"我问你,你有没有听到V刚才说什么?"顾西离恨恨地盯着苏远声,不顾形象地咆哮着,"你迟早会害死韦清的,你知道吗!"

苏远声和他对视,目光里满是警告的意思。

"就算是死,那也是我和韦清命里带的,轮不到你一个外人来干涉,懂吗?"

顾西离咬牙切齿,一字一顿地说:"苏、远、声,我看你是疯了!"

"随便你怎么想,我只有一句话:她不离,我不弃。"

顾西离被他气得浑身发战,心里恼火得恨不得一枪崩了他才好!

"别仗着自己是雇佣兵就以为没人能拿你怎么样!你要是再敢伤害韦清一次,我顾西离第一个不饶你……"他话还没说完,就被苏远声决然打断。

"饶不饶是你的事,但我有我的底线。谁敢越界,我让谁死。"撂下这句狠话,苏远声作势转身,头也不回地往 ICU 病房走去。

将要开门的一刻,他听到顾西离的声音从身后传来。

"苏远声,你是真的爱韦清吗?"顾西离声音苦涩,像在极力压抑着哭腔,"你真的用心想过,到底什么样的生活才是对她最好的吗?"

苏远声闻言,蓦地顿住了身形。

可他终究什么都没说,只是推开房门,一步一步朝着韦清走去。

4

窗外夜色已经深了。

月色皎洁而清冷,和遥远的星辉一起,越过层层薄云,安静洒落在这饱经沧桑的人世间。

病房里弥漫着淡淡的消毒水味道,与百合花的馨香融合在一起,莫名有种禁忌的雅致。

韦清躺在纤尘不染的病床上,从下午一直沉睡到现在,却依旧不见醒转。

由于 ICU 病房对探视时间有严格的规定,楚凌他们都已经早早离开,只留下苏远声一个人在这里陪护。

他坐在一旁的折叠椅上，知冷知热地守着韦清，几乎一刻也没离开过。

他会按照医生的嘱托，每隔一个小时给韦清翻一次身。余下的大部分时间里，他都不发一言，只是安安静静地握住她冰凉的指尖，盼着自己的体温能替她驱走寒冷。

她的手很清瘦，却柔软。就像她的人一样，让人不由自主想去靠近，想去怜惜。

当他牵着她的手，很多细枝末节的记忆就像开了闸的洪水似的，一股脑地向他涌来。往事如一幕电影，从最初相识的盛夏，一直演映到多年以后的今天。

苏远声有些痛苦地闭上双眼，仿佛又看到从前的韦清。

不论是幽居在孤儿院里，那个一言不发的小刺猬，还是梧桐路上哭着撒娇的女孩，又或者徜徉在深海里的人鱼精灵，他都觉得生动可爱，叫人喜欢到心坎里去。

唯有此刻，她一动不动地躺在他眼前，面容苍白而憔悴，几乎没有半点生气。

苏远声知道她虽然不能言、不能动，但意识始终都是清醒的。他只是很无力，不知道怎么才能把她叫醒……

偶尔有那么几次，韦清似乎身体实在难受得紧，竟也可以冲破毒素的麻痹与禁锢，微微地蹙起眉头。

苏远声看在眼里，又是心疼，又是庆幸。

他想，只要她不是彻头彻尾地无法动弹，那么，一切就还有希望。

年轻的女护士进来查房，绕着韦清周围那些医学仪器走了一圈。

　　她将各项数据逐一抄写在本子上，又给韦清吊上一瓶生理盐水，这才转身准备离开。

　　苏远声起身跟出去，在走廊里拦住护士，压低声音问道："你好，她现在情况怎么样了？"

　　护士回头瞧了他一眼，公事公办地回答说："生命体征还算是比较稳定，挂完这一瓶应该就差不多了。"

　　"'差不多了'是指什么？"

　　"就是暂时脱离生命危险了。"

　　"但什么时候能醒过来？"

　　护士急着去查别的病房，显然没什么耐心。

　　"她什么时候能醒，这我也说不准。你要是实在不放心，就等明儿一早直接跟医生问问吧。"话音落下，她甩开步子，推着护理车匆匆往隔壁病房走去。

　　苏远声没有再追上去，只是怔怔地在原地站了一会儿，末了，叹一口气，又返身回到了韦清的病房里。

　　他挨着床沿坐下，微微垂着双眸，凝视她沉睡的容颜。

　　他的声音低哑而苦涩，饱含着无力与哀伤："我能为你做什么？你告诉我。"

　　他沉默着等她回答，只是等了许久，屋子里依旧静谧无声。

　　难熬的死寂，分分秒秒都像要把人逼疯了似的。

　　脑子里某根神经突然绷紧，苏远声这才意识到不妙——如果再这么强撑下去,自己非赶在她苏醒之前先崩溃了不可!

他需要一个宣泄口,不论是嘶吼,或是眼泪,哪怕是一番倾诉也好……

颤抖地俯下身子,苏远声缓缓地靠近韦清,近乎虔诚地在她的额头印下一个吻。

"清儿,我有很多话想跟你说。"

他不舍得放开她,于是依旧保持刚才的姿势,薄削的嘴唇轻轻贴着她的额角,语声含混地说:"可能等你醒过来,这些话就说不出口了,所以……就现在吧。"

韦清没有回应,他就当她是默许了。

"你知道我死要面子,有时候明知道自己错了,也不肯低头服软。但这一次,不管谁问,我都会承认——是我错了。"

虽然难以启齿,可苏远声想,他应该让韦清明白他的心意。

"你是不是又要问我'你错在哪儿了'?"

他又回想起她以前的样子,不禁轻轻笑了一下。

那时候,韦清总是微微嘟着嘴巴,用撒娇的语气勒令他,非逼着他细数自己的种种不是。

这种情形几乎每次都发生在人来人往的街道上,苏远声觉得丢不起这个人,所以每次都含含糊糊地混过去,从没像现在这样认真反省过。

"我不该不告而别,不该躲你那么多年,不该对你有任何的隐瞒,不该浪费你能说能笑的每一秒钟……"

声音哽咽得不成样子，苏远声说不下去了，只得一下一下吻她的额头，自虐般的认真感受着心脏传来的钝痛。

等了一会儿，直到痛楚渐渐平息，他才深深呼吸，然后再度开口："今天下午，顾西离问我，到底有没有用心想过，什么样的生活才是对你最好的。我想了很久，还是不知道什么答案才是正确的。"

他沉默了片刻，在脑海里仔细思索着所有可能的选项。

"以前我很坚定地认为，远离你，不让你踏入我这个混沌的圈子，就是对你好。

"但后来你从帕罗尔追到岚城，告诉我说，不论天涯海角，你都想跟着我一起走。我于是又改了主意，觉得顺着你的心意，给你所有你想要的，就是对你好。

"可结果呢？结果，我害你差点儿丢了性命，还把你变成现在这样……"

他稍稍拉开彼此之间的距离，仔细打量她的脸庞，只觉得心里像被千万只蚂蚁啃噬似的，疼痛难当。

再说不出别的话，他只能苦苦地哀求她："清儿，我跟你认错。你就当是原谅我这一次，早点醒过来，别再这么折磨我……"

心高气傲的苏远声，第一次这样低声下气地求人，就像一只走投无路的野兽，在捕兽夹里挣扎着、痛苦着，祈求着猎人的赦免与宽恕。

只不过，他没有等到猎人的回应，只看见她微微蹙起了细眉。

苏远声不知道自己说过的那些话，她究竟听见了多少。不过转念想想，听到能怎样，听不到，又能怎样呢？

他说得再多，也不过是自说自话。

这世间所有的忏悔，原本就是念给自己听的。

苏远声沉默了很久，久到月落梢头，久到倦意来袭。

半睡半醒间，他喃喃低语，犹如梦呓："以后，你还愿不愿意跟我走……"

原来，这才是他最深刻、也最执着的念想。

5

被蓝环章鱼咬伤的感觉其实有些微妙，和低氧昏迷截然相反。

韦清记得以往昏迷的时候，意识好像悬浮在半空中，迟缓而混沌。

可这一次，她能清楚地感觉到，自己的大脑比平时还要活跃许多倍。只不过，身体却打定了主意，从头到尾一动不动，丝毫不受其摆布。

意识与行为本该互相依存，如今却在河豚毒素的作用下，变成水火不容的两部分。它们彼此眺望，彼此悖离，倒真有一种"不是你死就是我活"的壮烈感。

韦清卡在两军交界的地带，进也不是，退也不是，一时竟不知何去何从。

在这样一个分崩离析的世界里，她需要付出超乎寻常的努力，才能求得一个平衡点,用以支撑着她,一步一步地朝着前方的微光行走。

只要没死,就还有希望。

哪怕要行过刀山火海,她也要回到他身边去。

她是那么渴望开口讲话,因为远声所说的每一个字,都已经重重地镌刻在她的心底。也因为她知道,他始终在等她回答。

苏远声睡眠本就很浅,再加上心里一直记挂着韦清,因而几乎彻夜未眠。

此时不过凌晨四五点钟,晨曦初现,天边刚刚泛起鱼肚白。

就在某个短暂的瞬间,苏远声隐约感觉到病床有细微的晃动,于是立刻下意识地坐直了身体。他望向韦清,目光澄澈清醒,仿佛从来不曾睡过。

他以为是她在动,但很可惜,那不过是他昏昏沉沉的错觉罢了。

许是不死心,苏远声又凝神注视韦清好一阵子,直到确认韦清确实没有苏醒的痕迹,这才失落地移开了视线。

希望和失望拼成一趟过山车,反复折磨着它唯一的乘客,残酷得简直令人发指。

苏远声被折腾得早就无法可想了。他轻不可闻地叹了口气,而后又趴回到床沿上,打算继续打盹。谁知下一秒钟,他余光一瞥,竟看到韦清的指尖微微动了一下!

"清儿,是不是你醒了?!"他急切地唤她,嗓音低沉而嘶哑。

可他等了半晌,都没见她再有什么动作,便也不敢再奢望她能有所回答。

　　希望又一次破灭，苏远声抿了抿嘴唇，苦涩地笑了。
　　视线再次移开，他劝说自己耐心一点，不要再这么狼狈。
　　可就在这时，韦清却又给了他莫大的惊喜，纤细的手指轻轻弯曲，不偏不倚的，就勾住了他的手！
　　不夸张地说，在这一瞬间，苏远声觉得自己简直像个幸运的恶鬼。他刚从地狱的油锅里滚了一圈出来，如今万难退散，竟然得见天堂。
　　狂喜从心头席卷而过，饶是七尺男儿也禁不住鼻尖酸楚，悄悄地湿润了眼眶。
　　他记得下午的时候，主治医师说："只要在二十四小时之内，她能开始活动，那就意味着已经战胜了河豚毒素。剩下的就不用太担心了，只是时间问题而已。只要耐心等一阵子，就可以恢复如初了。"
　　此刻，她不过是轻轻牵着他的手，就足以令他感动得顶礼膜拜。他温暖的手掌覆在她的小手上，苏远声下意识地轻轻揉了一下，体贴地询问："渴不渴，我给你倒点儿水喝？"
　　韦清睁开眼睛望着他，极轻微地摇了摇头。
　　她的手指稍稍用了点力气，苏远声心下了然，知道她是怕他离开。
　　"傻丫头，我哪儿都不去，就在这儿守着你。"说这话时，他的视线从墙壁上的挂钟一扫而过，很快，又落回到韦清的脸上。

"现在还不到五点钟，"他爱怜地抚摸她的脸颊，语气温柔得像要滴出水来，"你身子虚，再多睡一会儿，听话。"

这一次，她乖顺地闭上了眼睛，只是抓住他的手，依旧不肯松开。

再醒来时已经接近中午。

韦清睁开惺忪睡眼，看到苏远声就在身边，一眨不眨地凝望着她。他的目光平静而温存，令她觉得心安，如同回到了属于自己的避风港。

苏远声见她醒了，伸手替她理了理散乱在额前的碎发，温柔地问："好些了吗？"

她望着他，嘴唇动了动，似是想说些什么，却没能发出声音。

他会心地笑了一下，说道："你稍等会儿，我叫医生过来。"

韦清于是轻轻点了点头，目送他起身离开。

没过一会儿，主治医师推门而入，苏远声跟在他身后，脸上挂着浅淡的笑容。

韦清虽然不知道他们刚刚在走廊里聊过什么，不过从苏远声的表情来看，似乎不是坏事。

医生仔细检查韦清的身体状况，末了，笑着对苏远声说："你女朋友体质挺不错的，恢复得比我预想中快很多。"

听到这话，苏远声那颗七上八下的心，总算是落回了原处。

不过，他还是想再确认一下："所以现在算是过了危险期，对吗？"

"没错，接下来好好休养就没事了。"医生一边说着，一边绕到病床的另一侧，摘掉了韦清的氧气罩，"呼吸机可以撤掉了，血压监测还是先保留。"

"好的。"苏远声频频点头，满心诚挚地向他道谢，"真的很感谢您！"

医生闻言，低头瞧了韦清一眼，而后又看向苏远声，笑着说："谢我做什么？小伙子，真正救了她的人其实不是我，而是你。"

这下半句话到底应该怎么接？苏远声一时半会儿想不明白，索性缄口不言，只是下意识地看向韦清。他没曾想，自己刚一低头，恰巧就撞上了她的视线。

她就这么笔直地望着他，一双眼睛清澈如潭水。柔软的目光里似乎藏了太多的情绪，有劫后余生的喜悦，有炙热的感动，也有浓得化不开的爱与情义……

苏远声没来由地一颤，仿佛下一秒，就要被她的目光灼伤了似的。

他不敢再放任自己沉溺下去，赶忙移开视线，像个狼狈败北的逃兵。

小两口之间情愫暗涌，立在一旁的主治医师实在看不下去了，只好装模作样地干咳两声，公事公办地说："你们先在这儿稍等一下，过会儿我叫护士过来，把病人转到普通病房去。"

苏远声这才回过神来，看着医生问："需要提前办什么转移手续吗？"

"不用，等着护士帮你们安排就行了。"话音落下，医生转身往门口走去。

  病房里又恢复安宁。
  苏远声回到韦清身边,挨着床沿坐下来。
  心头梗着千言万语,怎么也理不出个头绪。他没有讲话,只是细细地抚摸她的脸颊,颤抖着亲吻她的嘴唇。
  这个吻,很轻,却很郑重。
  他太需要用这种亲密无间的方式,来确认韦清是真的回来了。
  跨越生死的路途太艰辛,苏远声恍然觉得,自己差一点就撑不住了。
  此时此刻,她乖顺地任由他亲吻,偶尔伸出柔软的小舌,小心翼翼地回应他的温情,描绘他嘴唇的形状。
  苏远声心头陡然一跳,一时间情难自禁,竟想在这里向她索取更多……
  她才刚刚醒转,不论如何也不能乱来!
  苏远声强迫自己冷静下来,稍微撑起身子,不动声色地拉开与她的距离。
  四目相接,横亘在彼此之间的空气莫名有些燥热,氛围忽然变得微妙起来。
  苏远声抿了抿唇,心里默默思量:之前那些忏悔和告白,她都听到了吗?如果听到,她会怎么想?
  有些答案,对他来说很重要,也正因为如此,反倒不敢主动问她。
  或许在这个世界上,没有谁能做到真正的冷酷绝情。所谓"关心则乱",只要心中有所牵挂,就不可能保持绝对的理智和淡漠。

再强大的人,总有自己的弱点。

而她就是他的弱点。

韦清凝视他的脸,目光专注而柔情。

这么多年来,她从没见过这样的苏远声,颓败、疲倦,眉目之间透着沧桑。

她知道,他受苦了。

她心疼他,甚至为此而怨恨自己,恨自己没能躲开蓝环章鱼,恨自己让他担心。

"远声……我愿意。"

这就是韦清死里逃生后,开口说的第一句话。

没头没脑的几个字,苏远声却懂了。

他问:从今往后,你还愿不愿意跟我走?

她说:我愿意。

"清儿,你不怪我吗?"

"怎么会怪你呢?是你救了我啊……"她顿了顿,又说,"之前在救护车上,医生说的那些话,我都听到了。"

"可那蓝环章鱼是冲我来的,你如果不帮我挡这一下,也不用我救。"

韦清笑了笑,撑着身子坐起来,故意学他的句式:"可 V 是冲我来的,你如果不陪我冒险,也不用我帮你挡什么章鱼。"

"可你本来就是因为我,才被 V 盯上的。"

"可你也不是一生下来就给雇佣军团卖命的！如果非要追根究底，那你能不能告诉我，八年前到底发生了什么？究竟是谁把你推到这个火坑里的？！"

她的声音虽然不大，然而情绪里的激动和恼火，却是藏也藏不住的。

苏远声定定地看着她，微微皱起眉头，到底还是没再争论下去。

劫后余生的她，还有深深牵挂着她的自己，难道不应该紧紧拥抱彼此，感恩命运的眷顾吗？可他们，为什么会变成这样呢？

苏远声沉默良久，突然用力将她扯进自己的怀里，痛苦而坚定地抱着。

她拼命挣扎，他不肯放手；她咬他肩膀，他也任她。

他根本不在乎究竟谁对谁错，只知道自己不忍心责怪她什么，更不愿看到她难过。

如果说，深爱一个人就应该对她百依百顺，那么从这一刻开始，他不介意将她宠坏。

"你想继续跟着我，以后我不论走到哪儿，都带着你一起；你想知道八年前的事，等你出院了，我就带你回趟苏家。"

她不再挣扎，温顺地依偎在他肩头，小声说："对不起，不该冲你发脾气的。"

苏远声轻轻吻她的额头，一下一下抚摸着韦清的头发，温声软语地哄她："我不怪你，你也不生我气了，好不好？"

"不是生气，我就是心里难过。"她的语声低怜而哀婉，像极了小猫的呜咽，"远声，你难道不明白吗？我是心疼你啊……"

6

出院后的第二天，苏远声依照承诺，带韦清回了趟苏家。

在来之前，韦清一直以为苏家的别院应该很气派，至少不会输给苏远声自己在西郊建的别墅。然而事实却不是这样。

眼前的院落和奢华完全不沾边，甚至连雅致也算不上。如果非要形容，顶多就是"古朴"。

参天的榕树，依傍树荫的古老水井，平地而起的小二层，还有一条看家护院的狼狗。

这就是传说中的地产大亨的家？

韦清站在园子门口，瞠目结舌。

苏远声将她的模样瞧在眼里，有些好笑地问："很吃惊？"

"确实和想象中不大一样。"

"别看老爷子开发了那么多楼盘，他自己偏就好这一口。"

"田园大农村？"

"嗯，连 Wifi 都没有。"

"这个确实挺……"韦清纠结地选择了一个措辞，"呃，挺别致的。"

苏远声低低地笑了一声，又回忆起从前："小时候我就住这里。那会儿不懂事，还以为老爷子没钱，买不起好房子。"

韦清来了兴致："那后来呢？"

"后来发现钱是好东西。"

"庸俗！"她笑着数落他，"穷人也有穷人的活法，又不是只有贵的才是最好的。"

"不是为了得到最好的,而是为了自由。"

"自由?"韦清不解。

"有选择的权利,才谈得上自由,不是吗?"他语气渐渐严肃,没了玩笑的意思。

"是这个道理没错。"她也跟着认真起来,"可我不明白,苏家已经足够强大、也足够富有了啊,为什么你还是不自由?"

这话问到了他的痛处。

"我说你这丫头,到底有没有情商啊?怎么哪壶不开提哪壶。"

韦清也知道这个话题不宜多谈,于是赶忙赔笑:"当我什么都没说。"

他也没计较,只是揉了揉她的头发,像是拿她没办法。

"进屋吧。"苏远声一边说着,一边往院子里走。

"稍等我一下。"

他回头望她,问:"怎么了?"

"伴手礼还在后备厢里。"

"不用拿了。"

"……为什么啊?"

"老爷子住疗养院,家里没人。"

"那……"韦清本来想问"伯母呢",可印象里,苏远声似乎从没提起过自己的母亲。

她犹豫了一下,还是改了口:"那你大哥呢?"

"你说苏远林？"他冷哼一声,恨恨道,"他要是还有脸回这个家,我非一枪崩了他不可!"

独栋小楼虽然外貌不扬,但屋子里的装潢并没有韦清想象中那么简陋。

如果说,苏远声的西郊别墅是雅致的欧式风情,那么苏老爷子的别院则无疑是沉稳的中国怀旧风格。房间里的家具基本上以实木为主,与深棕色的桃木楼梯相得益彰,庄重而大气。

苏远声的房间在二楼,紧挨着苏老爷子的书房。

虽然苏远声很久没回来过,但房间里的摆设从没有人动过。

以前苏老爷子在家的时候,每天会让用人打扫这间房。后来他住进疗养院,这所别院因无人看顾,逐渐也就荒凉落败了。

由于门窗紧闭,苏远声这间屋子里并没有积下太多的灰尘。

他担心韦清身子虚弱,便搬来一把古旧的太师椅,让她乖乖坐在那里等着。他自己则从柜子里翻出换洗的床单,忙前忙后地收拾屋子。

韦清听话地坐在一旁,看他鞍前马后地忙个不停,倒觉得自己真成了太师。

脑海中莫名蹿出这么一个想法——能和他生活在一起真好,她可以安心地当个野路子的军嫂,连家务活都不用做。

7

苏远声毕竟是常年行军的人,干起活来相当干脆利落。没过半个小时，房间上下已经被他打点妥当，虽然说不上纤尘不染，但至少也算是干净整洁。

他随手抹了一下额头上的汗珠，走到韦清身旁，同她说起最近两天的安排。

"今晚就住这儿，明天一早出发，直接去疗养院看看老爷子。"

"好，我听你的安排。"韦清说着，站起身来给了他一个拥抱。

他伸手揽住她的纤纤细腰，低头亲吻她的嘴角，呢喃道："清儿，我先去冲个澡。"

她下意识地应了一句："好，那我等你。"

苏远声闷声笑道："等我做什么？"

韦清这才反应过来，红着脸骂他："……流氓！"

苏远声赤裸着上身从浴室出来，发梢潮湿，耳垂上还挂着水珠。

韦清仰面躺在他的床上，呼吸轻缓而均匀，似乎是睡着了。

苏远声轻轻地走到她身旁，几乎没发出什么声响。可她还是醒了，睁开眼睛望着他，一双漆黑的眸子里带着点儿迷蒙，像迷失在山林间的小鹿一样。

他低着头，静静地瞧了她一会儿，然后也不管头发是不是还在滴水，掀开被子在她身边躺下，伸手将这个温软的小女人捞进了怀里。

两个人都没说话，耳中只能听见爱人的呼吸。彼此的气息交织在一处，萦绕出情缠的气氛。在某件事情上，他们总是有着难言的默契。既不需要谁来邀请，也不需要谁先主动。

白皙的手臂温柔地攀上他的脖子，细嫩的指尖有一下没一下地轻挠他的背肌，挠得苏远声燥热难耐。

　　他强迫自己忍了一会儿，然而当她极不安分地亲吻他的喉结时，所有的努力都在一瞬间功亏一篑！

　　苏远声翻身将她罩在自己身下，修长而滚烫的身躯与她寸寸贴合。

　　细细密密的吻，如雨点般落在她的肌肤上。明明是他在霸道地占有她，可不知为什么，苏远声反而觉得自己被她吃得死死的……

　　情正浓时，韦清却忽然推开他。

　　"怎么了，清儿？"

　　"远声，你是不是忘了什么？"

　　没头没脑的一句话，令苏远声不解。

　　"嗯？"他含混地应着，声音低沉而富有磁性。

　　韦清的眼中也有渴望，但说出来的话却意味着拒绝："我在医院躺了好几天，好不容易才恢复的……"

　　他懂了，于是强迫自己冷静下来，哑着嗓子向她赔不是："对不起，是我的错。"

　　说完这话，苏远声温柔地吻了吻她的眼睛，打算起身。

　　谁知韦清却不依，双腿盘住他的腰，死活就是不让他离开。

　　"我不是这个意思。"

　　"那是什么意思？"他盯住她，眼里有期许。

　　"我是想说……"她当然不会让他失望，只是，有些话比想象中还要难以启齿。

韦清憋得脸蛋通红，最后咬咬牙，硬着头皮说："好不容易才恢复的，所以这次能不能让我……"她别过头去不敢看他的眼睛，小声嘀咕，"嗯，让我来……"

苏远声只觉得心脏像被什么东西狠狠烫了一下似的，猛地那么一跳，差点儿把他给逼疯！

他捏住韦清的下巴，强迫她和自己对视。

"清儿，你知不知道自己在说什么，嗯？"他半眯着眼睛看着她，危险而又迷人。

韦清心知逃无可逃，索性朝他点了点头，也分不清究竟是撩拨，还是挑衅。

端庄的别院，与这满室的旖旎春光形成了极为强烈的反差。这种反差令人兴奋都骨子里去，就像是偷吃了禁果的夏娃。

苏远声仰面躺在床上，低声喘息，任由她胡来。

这是他的女人，柔软、炙热、令他欲生欲死，却欲罢不能。

雪白的身躯在眼前晃动，情潮辗转，一波强似一波。有那么一瞬间，苏远声甚至觉得——就算真的死在她身上，他这辈子也值了……

8

缠绵过后，苏远声点燃了一支烟。

"清儿，什么时候有空，带你去见见我母亲吧。"

韦清试探着问:"她……也在岚城吗?"

"嗯,在西山墓地。"这是苏远声第一次提到自己的母亲,不过看起来,他似乎也没有太多的避讳。

夜色迷离而深远,苏远声单手搂着韦清的肩膀,一边慵懒地吐着烟圈,一边向她说起那些封尘的往事。

"我母亲走得早,那时候我还小,不怎么懂事。我只记得自己在葬礼上大哭了一场,后来也就没有太大的感触了。"他又吸了一口烟,浅浅皱着眉头,"五岁之后,一直到我上初中,基本都是苏远林在照顾我。"

苏远声微微仰头,朝着半空吐烟圈。

烟雾渐渐离开唇齿,在夜晚微凉的空气里渐渐升腾。有些久远而琐碎的回忆,似乎也随着缭绕绵延的雾霭,一点点地浮现在他的心里。

记得很小的时候,岚城还没有现在这么繁华,汽车还是很昂贵的奢侈品。

苏家虽然家大业大,可也就买得起一辆轿车。苏老爷子开着车,在岚城兜着圈子谈生意,自然无暇顾及那两个儿子如何出门。

苏远声从小就馋嘴,最喜欢吃的莫过于市中心的酱香排骨。记不清多少次,只要他嚷着想吃,苏远林就会扔下手里的作业,牵着他的小手,出门去两公里外的小站等公交车。

那个时候,城里还没有地铁,时光就像公交车一样,总是走得很轻缓。

苏远声最喜欢在阳光懒懒的下午，坐在摇摇晃晃的车里，一边望着窗外步行的人们，一边和苏远林谈天说地——

"哥，你看那人的毛衣，是不是穿反啦？"

"哥，你看那边那个电线杆，贴的小广告和咱家门前的一模一样！"

"哥，你说是不是全世界的排骨都这么好吃？"

"哥，等你长大了，你想不想环游世界？"

"那你环游世界的时候，能不能把我也揣在兜里一起带走？"

"……"

在旧时的记忆里，苏远林是他能想到的，最温柔的人。

苏远林似乎从来都不会生气，也不会有半点不耐烦。他偶尔会陪苏远声聊上几句，但更多时候，只是宠溺地笑着，听苏远声一个人喋喋不休。

可是，那样珍贵的好时光，似乎早已被某一年的暴雨冲垮，成为记忆深处的散沙。

每每想起，苏远声心里都觉得钝痛和无力。

韦清见他在走神，便出声唤他的名字。

"远声？"

"嗯？"

"在想什么？"

"没什么。"

韦清于是不再追问。

沉默片刻,她再度开口:"你刚才说,一直是苏远林在照顾你,那苏老爷子呢?"

苏远声掐灭了烟,似笑非笑地感慨:"但凡在生意场上顺风顺水的男人,有几个能留出时间给家人的?"

"这倒也是。"她顿了片刻,又说,"可是照这么说,你和你哥哥的感情应该很好才对啊,怎么后来……"却反目成仇了呢?

"反目成仇"这四个字太刺耳,韦清犹豫了一下,到底还是没说出口。

苏远声早就猜到她会提起这个,不过这一次,他不会再像从前那样避而不答。

"清儿,你是不是一直都想知道,八年前我为什么不告而别……"

她点了点头,有些迟疑地问:"是和苏远林有关吗?"

"当年,他找人把我绑到一栋荒楼里,和Ⅴ做了一笔交易。"

"你是说,他和Ⅴ联起手来害你?!"韦清不可置信地反问,"可你毕竟是他的亲兄弟啊!把你卖给Ⅴ,他能从这里面得到什么好处?"

苏远声迟疑了一瞬,而后淡淡地回答:"可以独吞苏家的产业。"

"即便是为了争夺财产,可我总觉得,还是有些说不通……"

苏远声没言语,韦清紧皱着眉头,继续喃喃道:"毕竟这么多年的兄弟,你又是他一手带大的,再怎么说,他也不至于非要置你于死地,害得你下半辈子都不得安生啊!"

"在这个社会上,利益总是比情义更可靠的。"

没等韦清回答，他又继续说下去："对苏远林来说，直接把我卖给雇佣军团，显然是最省时省力的做法。"

苏远声自嘲地笑了笑，声音低哑而苦涩："与其苦口婆心地谈判，日后还得时刻提防，倒不如拿我当筹码，做一笔双赢的买卖。"

韦清终于无言以对。

她不得不承认，他分析的没错。

可她就是不愿意相信，人性，竟然真的可以薄凉到连手足之情都弃之不顾的地步。

一支烟燃尽，苏远声掐灭了烟头，压着嗓子咳嗽了两声。

"一开始我也和你一样，觉得这不可能。"

"那后来呢？"

"后来认识了佐藤洋子，请她帮我仔细地查过真相。"

苏远声缓了缓神，如实说道："其实苏远林并不是主动要害我，只不过借着V给他的机会，顺水推舟地做了帮凶。"

若是外人这样做，他顶多是愤怒罢了。

可苏远林毕竟不一样。他曾经是他最亲近的兄长，也正因为如此，即便只是被动的出卖和背叛，也足以令他耿耿于怀、痛不欲生。

韦清思量片刻，有些不解地问："可是，苏远林只不过是个普通的商人，他怎么会和雇佣兵扯上关系呢？"

"他之前并没见过V。之所以V会主动找上门，是因为她很早就盯上我了。"

"怎么会呢？"她仔细回忆当时的细节，"我记得那时候，你和普通人并没有什么不同啊……"

"我确实没表现出任何异常。可有些特质,是基因里带的。"

韦清还是不懂,仍旧茫然地拧着眉头。

苏远声垂眸看了她片刻,低低地说:"这件事情,要从我母亲说起。"

事实上,从苏远声有印象起,家里人很少提起他的母亲。

以前他不明白为什么,直到后来入了雇佣兵这一行,才知道原来他的母亲也曾是雇佣兵团的人,代号"纸鸢"。

关于这个危险身份,苏家从上到下,可说是无人知晓。家人唯一知道的,就是这个女人年纪轻轻就遭人暗杀,死在自家宅院大门口,蹊跷而凄惨。

从那之后,她就成了所有人眼中的"煞星",被整个岚城避讳不提。

苏远声从 V 的口中听说这些,是在入行的第二年冬天。

那年全球气候转冷,北欧暴雪封山。

苏远声授命前往瑞士,寻找一种罕见的晶石,却差点被冻死在铁力士山上。

长时间的失温,致使四肢麻木,视线逐渐模糊。

失去意识前的最后关头,苏远声凭着顽强的意志,生生用双手在冰寒的雪地里挖出了一个足以藏身的洞穴。他藏于其中,躲避严寒刺骨的山风,却想起了那个远在岚城的姑娘。

那一次，苏远声真的以为自己回不来了……

他不记得自己是如何得救的，只记得从昏迷中醒来，已身处在V的私家别墅里。

温暖的壁炉里，篝火明明灭灭，恍如尘世间一场做不完的梦。而V坐在一旁，手中端着一杯红酒，第一次收敛起轻佻傲慢的笑容。

她一本正经地望着苏远声，同他说起了那些尘封往事。

这个雇佣兵团，是在二战时期，由V的祖辈一手创立的。

早在V还未接手的时候，纸鸢就已经是兵团里的顶尖精锐。见过纸鸢的人都说，她年轻的时候，举手投足间，皆是雅致与风韵。

她就像是从古典水墨画里走出来的一样，美得不可胜收。

纸鸢善用美人计，精通读心术，更是赤手搏斗的高手。可最绝的是，她对电磁波动有着极为敏锐的感觉，以至于在某些暗夜环境下，她可以仅凭直觉，探囊取物。

如果说，V的父亲对纸鸢极为青睐，那么，V对这个女人，便可说是敬仰有加。只可惜，V长大以后，纸鸢已经不惜一切代价，退出了雇佣兵团，只与岚城一位寻常商人平淡生活。

兵团不甘失去这样的好手，曾几度请她出山。可不管如何威逼利诱，纸鸢似乎总有应对的办法。就这一点来说，她确实比自己的儿子强了太多。

后来，V逐渐长大，从父亲手里接管兵团。她的目光，便越过一望无际的海洋，直接落在了苏远声的身上。

她想，纸鸢的儿子，天生就应该是人中翘楚。

V没有看走眼——这个代号"Echo"的少年,终究是遗传了纸鸢的基因。历经漫长的煎熬与打磨,他俨然成为她手中最隐蔽、也最锐利的尖刀。

苏远声静静地听她说完,只问了一句话:"为什么是我?"
语焉不详,可V却明白他问的是什么。
她望着他的眼睛,目光里闪过一丝不易察觉的怜悯:"苏远林和你不能比,他只不过是苏家收养的孩子。"
原来一切的一切,都不过是血脉轮回。
而他的宿命,早在出生以前,就已有人替他写好了。

韦清从没想过,那些生死逃亡的背后,竟隐藏着这样千丝万缕的关联。
她有一阵子没说话,轻轻搂着苏远声的腰,陷入莫名的沉思。
良久之后,她才再度开口,驱走了满室的沉默。
"这些事情苏远林知道吗?"
苏远声轻轻摇头:"不知道。除了V,也就只有你和我知道。"
"他连自己是被收养的也不知道?"
"不知道。"
"如果是这样的话……远声,你有没有想过,或许苏远林也有自己的苦衷?"韦清试探地问,"他或许不是真的想背叛你。V既然能用'死亡名单'威胁我们,难道就不能用同样的方式,去威胁他吗?"

苏远声避而不答，只陈述一个事实："当时，苏远林亲口承认，他这么做是为了苏家的财产。"

"可是，这会不会也是威胁的一部分？"

"或许吧，但都不重要了。"他淡淡地应着，显然不愿继续探究这背后的答案。

时隔多年，是非因果似乎已经变得没有意义。他心里虽然仍有恨意，却也有了厚厚的盔甲。那是被岁月打磨出的淡漠与凛冽，足以抵御手足反目的痛苦。

苏远声清楚地记得，那天下午，岚城下了一场久违的暴雨。

他答应过韦清，要带她去看电影，于是也不顾苏老爷子的强烈反对，顶着大雨从家里跑了出来。

整座城市被氤氲的雨水所笼罩，朦朦胧胧的，像藏着什么秘密。

苏远声站在公交车站牌下等车，浑身湿透，冻得瑟瑟发抖，可心里却是雀跃的。

他想，用不了半个小时，他就可以见到自己心爱的姑娘，和她在温暖的电影院里拥抱，一起吃掉一大桶香甜的爆米花。

他可以在昏暗中亲吻她的嘴角，也可以在她感动落泪时，给她一个坚实的拥抱……

然而，一切美梦都在苏远林出现的瞬间，变得支离破碎。

"远声，韦清出事了，你赶紧跟我来！"

"她怎么了？"苏远声只觉得脑子里轰然一响，几乎丧失了最基本的思考能力。他满心恐惧，在如瀑的骤雨里颤抖地嘶吼，"哥，你快告诉我！清儿到底怎么了……"

"出车祸了，正在医院里抢救。"

苏远声来不及细想，立刻开门上车，就这么傻乎乎地跟着苏远林走了。

都说"长兄如父"，可苏远声怎么也没有想到，有朝一日，他会遇到一个狠下心来骗他、害他的人。而这个人，恰恰就是他最亲密、也最信赖的哥哥。

苏远林亲自开车，把他骗到一栋烂尾楼里，交给了V。

那时，苏远声还只是个清瘦的少年，而V的手下却个个精壮如虎。不过三下两下，那些人就轻而易举地把他绑在了承重石柱上。

粗糙的墙体，将苏远声的脊背硌得生疼。

这种疼痛似乎悄无声息地蔓延到心里，浓得化不开。

"你们到底是什么人？"苏远声挣扎着质问周围的壮汉。

没有人回答他，直到为首的混血女人走过来，她伸出指尖捏住他的下巴，语气轻佻地回答说："我是整个雇佣兵团的Boss，你可以叫我V，或者宝贝儿。"

苏远声厉声道："滚开！我没问你。"

"啧啧，都是自己人，何必这么凶呢？"V倒是笑了，"不过……我喜欢。"

苏远声没再理会她，只是无助地看向苏远林，声音嘶哑而苦涩，"这到底是怎么回事？哥，你说句话啊……"

"没什么好说的，事实如你所见。"苏远林面无表情，声音里没有一丝波澜。

"为什么？为什么把我卖给雇佣兵！"

"只要解决了你，苏家的产业就是我一个人的。"

"哥，我是你一手带大的，你应该了解我啊！"苏远声有些哽咽，却拼命忍住哭腔，"老爷子那些财产，我一分钱都不想去争，这样也不行吗？"

苏远林淡漠地移开视线，语气里却多了几分烦躁和狠厉："养虎为患的事情，我苏远林从来不做。"

"不可能的，不可能……"苏远声低低地呢喃，心中满是苦涩，混乱不堪。

脑海中思绪万千，可回忆起的，却都是兄弟之间把酒言欢的往事。他不论如何也不能相信，更不能接受这样的事实——苏远林，真的背叛了他。

"你告诉我，他们是不是威胁你了？"苏远声仍不死心，苦苦哀求说，"我只求你告诉我一句实话。"

然而苏远林的视线却笔直地望向他，字字清楚地说："没有威胁，但是他们会给我钱，比苏家全部家产还多的钱！"

终于，苏远声放弃了质问。

荒楼外面雷声大作，雨水夹着冰雹，浩浩汤汤地砸下来，却仿佛都砸进了苏远声的心坎里。他认命了，反正怎么过，都是一生。

可他心中仍有牵挂，有放不下的女孩。

"哥，我只想再跟你要最后一个答案。"苏远声近乎绝望地看着苏远林,声音颤抖,双眸猩红如血,"她……是不是真的出事了?"

可是,苏远林只是默默地转身离开,到最后也没有回答。

从那一刻起,苏远声就再也没有哥哥了。

在往后那些数不清的年月里,他只能独自行走在刀山火海,抵挡枪弹与残骸。

深爱的女孩生死未卜,成为他一生的软肋。而他最信任的兄弟,却为了一己私利,将他推向了万丈深渊。

凡此种种,皆是上苍赋予他的劫难,无可逃避,亦无从幸免。

韦清听他讲完这些,仿佛忽然之间就明白了什么。

她恍然记起那个骤雨倾盆的下午,自己一个人站在电影院的售票处,可怜巴巴地等待着那个令她痴迷的少年。

她一个人等到电影开场又散场,却再也没能等到他出现。

直到多年以后的今天,韦清才知道——原来,曾经那个爱说爱笑的少年,就是在八年前的荒楼里,在众叛亲离的一刻忽而长大的。

她才知道自己这些年里究竟失去了什么,又错过了什么。

如今的苏远声,终于成长为坚毅冷漠的男人。他是敌人的噩梦,却仍旧是爱人的温柔乡。韦清知道,其实他比谁都更懂得珍惜,也更愿意承担情义的重量。

寥寥岁月,种种纠葛,一切皆是命运对人的造化,由不得人推拒。

在这漫长的一生里,他们能做的,不过是且行且珍惜。

第十章 终不过爱恨嗔痴

1

来疗养院的路上,韦清问苏远声:"苏老爷子的住所,是V告诉你的吗?"

"是。"苏远声一边开车,一边回答,"别看V训我训得狠,但关于苏家的消息,她却从来不瞒我。"

韦清还是不解:"可她怎么知道老爷子在哪里?"

苏远声笑了:"这地方本来就是V安排他住进来的。"

她不作声了,思量了一会儿,又觉得不对劲儿:"你一直知道老爷子在哪儿,却从没回来看过他吗?"

"回来过,"他顿了顿,又补充,"但只有一次。"

韦清不再说话,别过头去看窗外,俨然有点耿耿于怀——他明明回过岚城,却故意不见她!这到底算个什么事儿?

苏远声晓得她在闹什么别扭,便耐着性子哄着:"我怕连累你,躲都来不及，怎么能故意去找你。"

韦清有点儿委屈，可也知道他说的是实话。

她默默地对着车窗瞪眼睛，数外面飞驰而过的白杨，数着数着，也就消了气。

这是苏远声第二次走进这家疗养院，却是八年来，他第一次碰见苏远林。

彼时，他们正在苏老爷子的房间里，陪他老人家聊天。

说是聊天，但其实更像是韦清一厢情愿的自言自语。

"叔叔，您还记不记得几年前的事情？那时候您到孤儿院去做慈善，还资助过我呢……"韦清讲话细声细气的，很显然，她对面前这位陌生的老人是有几分敬畏的。

苏老爷子的目光落在韦清这边，迟缓而呆滞。事实上，从他们进屋到现在，他根本就没说过一句话。

早在来疗养院的路上，苏远声就提前跟韦清打过招呼——几年前，苏老爷子得了帕金森综合征。时间久了，他不单认不得人，连句像模像样的话也说不出来了。

韦清虽然心里早有准备，可是，当她亲眼看到名扬一时的苏老爷子变成如今这样，还是忍不住会难过。

自说自话有一阵子，她一时也没了主意，只好转头看向苏远声，用眼神向他求助。

苏远声沉默地走到苏老爷子面前，蹲下身来，抬头望向自己的父亲。就在这时，他忽然听见一道熟悉的声音从门口传来。

"远声，真的是你回来了？！"诧异、惊喜、五味陈杂。

苏远声循着声音回头望去，瞬间就僵住了。

那个大步流星朝他走来的男人，正是苏远林！

苏远声猛地攥紧了拳头，起身迎上他的步伐。

狭路相逢那一刹那，苏远声二话没说，一把揪住苏远林的衬衫领口，拎着他就往外面走去……

韦清担心他们兄弟两个会闹出什么事来，赶忙跟着来到了走廊。

果不其然，苏远声飞起一脚踹向苏远林的腹部。

苏远林不躲也不闪，踉跄着后退两步，还没等站稳身形，迎面又是狠狠一拳！

吃痛地闷哼一声，苏远林抬手抹掉嘴角的血，语气诚恳道："远声，我知道你恨我，要打要骂都随你！可你能不能听我解释……"

苏远声冷冷地打断他："解释？就凭你？"

"不管你怎么想，这件事情我必须跟你讲清楚！"苏远林情绪有些激动，眉头几乎拧成了一个结，"当年拿你和V做交易，这弥天大错的的确确是我犯下的，我认！但我确实是有不得已的苦衷！"

"苦衷？"苏远声轻蔑地笑了一声，"畜生也配谈'苦衷'？"

苏远林任他骂，也不反驳，只是自顾自地吼了一句："如果换了是你，你能眼睁睁看着老爷子死在那女人手里吗？"

苏远声一时没有说话，而韦清则主动站了出来："既然这背后另有隐情，你就把话说得明白些。"

苏远林感激地看了她一眼，又转头望向苏远声，继续说道："当时我去找你的时候,老爷子正被人拿枪指着太阳穴。你跟了V这么多年,她威胁人的手段,你应该很清楚才对。"

韦清闻言,和苏远声对视一眼。

虽然他们嘴上没说什么,可心里已经明白,苏远林说的应该是实话。

那女魔头最擅长拿人命来威胁人,就这一点来说,韦清和苏远声也都深受其害。

关于苏家财产的事,谁都没有明着去追问。苏远声心知肚明,事情应该如韦清说的那样,所有欺骗与谎言,都不过是V的把戏。

苏远声有一阵子没作声,算是默认了苏远林的解释。当他再度开口时,绵延了许多年的恨意便逐渐被另外一种苦涩所取代。

"说到底,你在老爷子和我之间,还是选择了放弃我。"

"放弃我最好的兄弟,是我苏远林这辈子做过的最痛苦的决定!每天活在内疚中,到处找你却音讯全无……远声,你根本不会明白,这些年我究竟是怎么熬过来的。"

苏远声双手抱在胸前,以自我防卫的姿态,听他继续说下去。

"你离开以后,V派人把老爷子带到这间疗养院来,就再也没让他踏出去半步。"

苏远声已经猜到是这样——这些年来,V一直把苏家人保护得很好。可这种"保护",说穿了,不过就是变相的威胁。

水能载舟,亦能覆舟。

这样简单的道理,每个人都懂。

沉默片刻后，苏远林叹了口气，低声说："但我不后悔自己的决定。至少到了今天，你和老爷子都还活在这世上。人只要活着，就还有希望……"

苏远声没有再说话，他的身体不由自主地颤抖，仿佛连多说一个字的力气都没有了。

韦清走到近旁，环抱住他的腰，温柔地劝他："远声，你进屋去陪陪老爷子吧。不管认不认得你，他总归是你的父亲。"

苏远声没有拒绝，只说："你跟我一起进去。"

韦清松开他，扭头瞧了苏远林一眼："我还有些话要和他单独讲，说完就过去找你。"

他虽然不觉得韦清和苏远林之间有什么好谈的，可他相信她，所以并没有过问什么，只是转身往屋里走去。

空荡荡的走廊里，只剩下韦清和苏远林相视而立。

韦清还没开口，苏远林就先问道："你想跟我说什么？"

"实话是，我没什么想跟你说的。"

这个答案倒是有点儿出乎苏远林的意料。他沉默片刻，又问："那为什么不跟他一起进去？"

"因为我觉得，你可能会想跟我说点儿什么。"

苏远林闻言怔住，不由得细细打量起眼前这个不动声色的女人。

这是他第一次意识到，自己的弟弟没有看走眼——韦清的确是个绝顶聪明的姑娘，更重要的是，她愿意动用自己的智慧，为爱人谋求一点幸福。

如果没猜错的话,她应该已经知道他想说的是什么了,只是在等他说出口。

这么一想,苏远林心里也就大概有了底。

他再度开口,语气比刚才平和了许多:"明人不说暗话,我就不跟你兜圈子了。"

韦清嗤笑一声,讽刺地说:"虽然你算不上什么'明人',但既然有这么个机会,我还是愿意听听你怎么说。"

"如果我说,我想拜托你帮我劝劝远声,让他别再记恨我……"苏远林顿住,自嘲似的笑了笑,"这样会不会显得太无耻?"

韦清倒是被他的自知之明给逗乐了,有些好笑地说:"你就算不拜托我做这件事,也一样很无耻。"

苏远林点点头,一本正经道:"那就破罐子破摔,拜托你了。"

"我会试试看,但不保证一定会有效果。"她坦率地说,"该解释的你都已经解释过了,远声原不原谅你,最终还是他自己来决定的。不过我想,远声会体谅你的不易,他从来都不是一个小气的人。"

苏远林看着韦清,心怀感激。

"谢谢你。"

"你不需要谢我,我不是为了帮你。"

苏远林不解:"什么意思?"

"我只是不想看他一直和自己较劲。"她的声音很轻,却莫名有点儿悲天悯人的味道,"恨一个人太痛苦,如果这个人恰巧是至亲,那么,这种痛苦还能再翻十倍。"

"你也体会过吗?"

"……"韦清沉默地看着他,没有回答。

哪个被父母遗弃的孩子,心里没有过恨意呢?若不是因为痛恨这个世界,她又怎么会在最初的几年里,不肯开口和任何人讲话……

不过这一切都已经不重要了。

如今,她只希望远声不再被恨意折磨。

"抱歉,就当我没问过。"苏远林将她的沉默看在眼里,识趣地转移话题,"关于之前我骗远声,说你出了车祸……我向你道歉,真的对不起。"

"那就歉着吧,既然做错了事,就不能指望全世界都原谅你。"她直视他的眼睛,"不管远声怎么想,至少我永远都会恨你,因为你对我的爱人做出那么残忍的事。"

话既然说到这个地步,就意味着谈话到此为止。

苏远林心下了然,于是说:"我出去抽支烟,你进屋吧,别让他等久了。"

韦清没再多言,甚至连一声"再见"也吝于给予,只是站在原处,目送他的背影消失在走廊尽头的拐角处。

韦清没有立刻回去找苏远声,而是静静走到窗边,望着窗外繁盛的树木发了一会儿呆。

从昨天到现在,她听说了太多关于苏家的往事,也见到了兄弟反目、父子不相识。韦清觉得自己脑海中的那根琴弦已经绷到了极限，仿佛再过一秒钟，就要轰然断裂。

曾经叱咤岚城的苏老爷子，如今却痴傻地坐在轮椅上，被软禁在一家无人问津的疗养院里，连自己的亲生儿子都认不得。

他比寻常人家的老人幸福吗？并没有。

曾经迫于无奈、算计兄弟的苏远林，如今只能手握冰冷的金银财富，活在一生的歉疚里。那么，他幸福吗？答案当然也是否定的。

这世间总有太多浮华幻影，让人错以为岁月安宁而恒久。可仔细想来，身处其中的草莽众生，有哪个不可怜，又有哪个不悲戚？

人越是活得通透清醒，肩上的担子就越是沉重。

韦清叹了口气，不愿再继续深想下去。

她收回思绪，正准备转身回屋。谁知就在这时，一道黑影突然出现在她身后！

"唔！"韦清下意识地想要呼喊求救，却被一双大手紧紧地捂住了嘴巴。所有的挣扎和尖叫都被闷在了喉咙里，根本找不到一丝出路。

她甚至来不及思考对策，只觉得眼前一黑，下一秒，便失去了意识……

2

苏远声等了许久不见韦清回来，心下有些着急，于是出来看看。

然而，情况比他预想的还糟——走廊里空空如也，只有沉重的脚步声从楼梯那边传来。

苏远林正往苏老爷子的房间走着，看到苏远声开门，不禁也有些诧异:"远声,你怎么出来了?"

"怎么就你一个人,韦清呢?"

苏远林拧着眉头反问:"我抽烟去了。怎么,她还没回去找你吗?"

苏远声没有回答,沉着脸,一步一步朝他走来。

苏远声的视线一瞬不瞬地落在苏远林的脸上,一双黑眸平定如水,却莫名染了杀意。

"……又是你。"

苏远林怔了一下:"你什么意思?什么叫'又是我'……"

"她和你单独说了几句话,然后就失踪了。"苏远声说的每个字里都透着狠辣,"你说不是你,那好,你告诉我是谁干的,嗯?"

"我怎么知道?!"苏远林确实不清楚刚才究竟发生了什么事。

现下,他只能跟苏远声一起想办法,先把人给找到,然后再解释其他的误会。

"你别着急,我这就派人跟你一起找。"苏远林语气诚挚,没有半分推诿的意思。

苏远声虽然心里急得火烧火燎,但毕竟还存有一丝理智。他强迫自己冷静下来,盯着苏远林瞧了两秒,再次确认:"这次真不是你干的?"

"真不是我!平白无故背了这么大个黑锅,我比你还急!"苏远林思量片刻,拧着眉头说,"你再仔细想想,最近是不是得罪了什么人……"

苏远声打断了他的话:"我知道是谁了。"

毫无疑问，这次是 V 把人绑走的。

苏远声清楚地记得，那天在 ICU 病房外，V 说：她暂时还不可以死。

可是，"鲸鲨之吻"都已经拿到了，V 不去处理那批军火，又找韦清做什么？苏远声思来想去，却猜不出答案。无奈之下，他只能等 V 主动找上门来。

和预料中一样，不过半分钟，一通电话就打到了苏远声的手机上。

来电显示是"匿名号码"。

苏远声接通电话，开门见山地说："韦清在你手上。"

无线信号的另一端，V 轻笑一声，调情似的说："宝贝儿，你还是一如既往地懂我。"

"说吧，怎么才能放人？"

"这么性急，可是会破坏气氛的。"

"少废话。"他没耐心和她兜圈子，"什么条件？痛快点儿说。"

"既然你强烈要求，我就直说好了。"V 收敛起笑意，问他，"听说过'蓝玉珍珠贝'吗？"

这么赫赫有名的东西，苏远声当然听说过。不仅如此，他还知道这种贝类只在南太平洋海域出现过，而且极其稀少，几十年也不见得能出一颗。

如果 V 真的要找蓝玉珍珠贝，恐怕就不是短期之内能完成的事了。

苏远声拧着眉头思量片刻,不答反问:"你要这东西做什么?"

"宝贝儿,这不是你该过问的。"V显然不愿多说,"只要你带着东西来见我,我就把你的小女朋友还给你,这么样?"

"地点?"

"老地方。"

"时间呢?"

"没有时间限制。"她又笑了,语气清淡而又漠然,"你只需要记住一件事:你早一分钟把东西给我,你的小女朋友就少受一分钟的罪。"

苏远声心里陡然一颤,一字一句地问:"你把韦清怎么了?"

"你猜?"V挑衅地笑着,不等他回答,就切断了通话。

"啊——"电话挂断前的最后一秒,一声凄厉的惨叫透过听筒传来。那样惨绝人寰的叫声,犹如一把锐利的尖刀,沾着浓浓的血腥气,誓要从他心口生生剜下一块肉来!

苏远声痛苦地捂着胸口,只觉得这辈子再没有哪一刻的痛楚,会强过此刻。

那是韦清的声音,他不会认错。

3

从疗养院离开后,苏远声直接开车回到了市里。

轿车已经停在公寓门前,他却坐在车里,迟迟没有下来。

苏远声从上衣口袋里掏出一张名片,照着上面的号码拨了一通电话。

名片上印着的,是顾西离的私人手机号。

几天前,他们两人在ICU走廊里发生争执,苏远声撂下狠话,说死也不会离开韦清。

顾西离没别的办法,只得将这张名片给他,并承诺说:"如果需要我为她做什么,就打这个电话找我。只要是力所能及的事情,我一定帮忙。"

如今,这个承诺派上了用场。

指尖摩挲着卡片的棱角,苏远声静静等待电话接通。

然而,听筒里偏偏传来他最不想听见的甜美女声:"对不起,您所拨打的用户不在服务区……"

他猛地把手机摔向旁边的副驾驶座位,挥起一拳,狠狠砸在了方向盘上!

短而利落的头发被他揉得一团糟,苏远声反复几次深呼吸,强迫自己冷静下来。

在这个节骨眼上,他不能慌、不能恼,只能争分夺秒地思考对策。

缓和片刻后,苏远声又捡起手机,耐着性子把摔飞的电池重新装上,然后拨通了一位战友的电话。

"亲爱的Echo,怎么突然想起我了?"电话那端是个美国男人,名叫乔。在整个雇佣军团里,若论机械制造,无人能出其右。

苏远声无心闲谈,开门见山地问:"把你那艘潜水艇的具体坐标报给我。"

乔愣了一下，随即意识到，苏远声这边可能出事了。

他立刻绷紧神经，查清位置后，干脆利落地回答说："北纬35，西经78，在美国东部的威明顿海岸。"

"如果调到岚城，最快需要多久？"

"十七小时。"

"来不及。算了，我再想办法。"话音将落，苏远声已经挂断了电话。

他没有装备、更没有时间亲自下潜。

眼下唯一的办法，就只有一个字——赌。

他赌自己有办法在一小时之内和顾西离取得联系，也赌顾西离不会袖手旁观。

抱着这样的信念，苏远声再次拨出那串手机号码。

值得庆幸的是，这一次，听筒里很快就传来顾西离的声音。

"有什么事吗？"顾西离知道电话是谁打来的，因为这个号码，他只给过韦清和苏远声两个人。

苏远声开门见山地说："顾老板，有件事想拜托你帮忙。"

"说吧。"

"你有办法弄到'蓝玉珍珠贝'吗？"

顾西离迟疑片刻，问道："……你要这东西做什么？"

苏远声听着这话有点儿耳熟，隔了一秒，才想起来自己刚才就是这么问 V 的。

不过，他给顾西离的答案却更残酷，也更真实。

"用来救韦清。"

"什么意思？韦清怎么了？"顾西离连声问道。

"是我疏忽，害她落到V手里了。现在V要拿到'蓝玉珍珠贝'才肯放人。"苏远声言简意赅地向他解释。

顾西离语气愠怒，恨恨道："苏远声，我早说过你会害了她的！结果你……"

"现在不是争论这个的时候！"苏远声有些急躁地打断他，"一句话——救，还是不救？"

苏远声抛过来的，根本不是一道选择题。

除了拼尽全力去救她，难道他还能有别的出路吗？顾西离无奈地揉了揉太阳穴，回给他一个字："救。"

得到答案的一瞬间，苏远声暗暗舒了一口气。

顾家作为岚城数一数二的珠宝世家，实力确实不容小觑。别说蓝玉珍珠贝，就是更稀奇古怪的珠宝，顾西离也一定有办法弄到手。

苏远声现在唯一放心不下的，就是时间问题。

为了加速这个过程，他主动问顾西离："现在需要我做什么？还有，大概多久能拿到东西？"

"东西已经在我手里，但我刚抵达上海，一时半会儿回不去岚城。"

苏远声怔了一瞬："你是说……你手里有现货？"

"没错。"

他不再唆，只问："搭最近一班航班回来，三个小时够吗？"

"差不多。"

"那好，三小时后，岚城机场见。"

挂断电话之后，苏远声将油门一踩到底，驱车往机场的方向疾驰而去。

这一路上，他在脑海中把整件事情从头到尾地串了一遍。

直到这时，他才后知后觉地意识到——其实V早就把这一切都算计好了！

她应该早就知道，顾西离的手里有她想要的东西。

她也知道，为了韦清，顾老板一定会忍痛割爱。

她更知道怎么在这个毫无悬念的过程里，给自己多找点乐趣。比如说，让他也参与到其中，并且算准了顾西离不在岚城，用韦清的痛苦与煎熬来折磨他……

思绪止于此处，苏远声攥紧了拳头，自虐似的感受胸腔里传来强烈的钝痛。

抵达机场时，他仿佛又听到韦清在电话里凄楚的惨叫。爱人百般受苦，他却无能为力。这样的折磨于他而言，简直比俘虏训练中的电击刑法更令人生不如死！

苏远声痛恨自己无能为力，更痛恨V。

等待的时间难熬且漫长，每一秒钟，都像是在炼狱中度过。

也不知究竟过了多久，窗外传来几声车鸣。

苏远声回过神来,循着声音向外望去,看到一米开外的地方,顾西离坐在他的私家车里,冲他扬了扬手里的锦囊。

也就是在这一瞬间,苏远声心里忽然就打定了主意——整整八年,他和V之间这场漫长的猫捉老鼠的游戏,总算走到了最后一着险棋。

4

苏远声和V约定的"老地方",就是八年前,他们初次见面的那栋荒楼。

对于这个地点,苏远声很是满意。如果说,一切恩怨都是从这里开始,那么此刻,他很庆幸这一切也将在这里终结。

他和顾西离赶到的时候,苏远林已经带着保镖在那里等候。

苏远声面色凝重地望着苏远林,低声说:"等会儿我一个人上去,你和顾西离在这儿等着。不论如何,一定把韦清活着带回去。"他顿了顿,又说,"如果你能做到,我就原谅你。"

苏远林没有回答,眼神里却有遮掩不住的关切。

"那你呢?"顾西离问的,也正是苏远林的心声。

苏远声淡淡地说:"我没事。"话音落下,他握紧手中的锦囊,大步流星地朝荒楼那边走去。

前脚刚踏进楼里,他就听到苏远林在身后喊他的名字:"远声!你如果真的原谅我,就必须活着回来!"

苏远声蓦地顿住身形,却始终沉默。

几秒钟后,他再次迈开步子,头也不回地往楼里走去。

苏远林遥遥地望着,却只看到弟弟的背影,坚毅,却又寂寥。

荒楼依旧昏暗而破败,和苏远声记忆里的样子分毫不差。

他信步走上三楼,看到V跷着二郎腿,从容自若地坐在一堆残砖败瓦上。

苏远声不动声色地扫视一圈,发现整层楼就只有她一个人,既没看到保镖的身影,也没看到韦清。

V看到他来,起身拍了拍衣角上的灰尘,款款朝他走过来。

"东西拿到了?"她问。

"你要的蓝玉珍珠贝,就在这个锦囊里。"苏远声将手中的锦囊举起示意,却没有直接给她,"韦清人呢?带我去见她。"

"你把东西给我,我自然会放人。"

苏远声冷笑一声:"别忘了,我是你一手带大的。什么叫背信弃义,没人比我更懂。"

"说得不错。"V轻声笑着,用他的逻辑回敬他,"既然都是背信弃义的人,你又凭什么让我相信,只要我放了韦清,你就会把东西给我?"

"你明知道我留着它也没什么用,毕竟,'鲸鲨之吻'在你手里。"

这个回答倒是在V的意料之外。

她饶有兴致地凑近苏远声,语气里透着几分危险的气息:"这么说来,你知道蓝玉珍珠贝的用途?"

"把这种贝类研磨成粉,涂在'鲸鲨之吻'的表面上,才能显示军火库的坐标和密码。"

"既然你都知道了……"余下的半句话，V并没有打算说完，"走吧，跟我过来。"

话音落下，她率先转身，往楼梯的方向走去。

红底高跟鞋敲击在水泥地面上，发出"咔哒咔哒"的声响，犹如死神的诅咒。

韦清被绑在顶楼的水泥柱上，脖子和手臂上布满伤痕。

看到她的一刹那，苏远声下意识地攥紧了拳头，只觉得心跳都要停止了！

那个重伤昏迷的女人，是他的清儿啊……

这么多年来，他捧着她、护着她，连一句重话都舍不得对她说。如今，她却被人绑在这样一个鬼地方，百般践踏、遍体鳞伤！

他一步一步走到近旁，心里恨得简直要呕出血来。

如果可以，他恨不能拿全世界来给她赔罪。

V没有食言，给韦清松了绑。

没有了绳索的束缚和支撑，韦清甚至连站立的力气都没有了。她突然瘫软下来，就像断了线的木偶。

苏远声冲上去将她抱在怀里，信手把锦囊抛给了V。

V仔细验过货，满意地笑起来，语调轻佻地对苏远声说："宝贝儿，我就知道你是个好人，会信守承……"后半句话彻底消了音，犹如被突然截断的猫尾巴。

一切只发生在短短的0.5秒内！

苏远声突然抽枪上膛，黑洞洞的枪口，不偏不倚地抵在了 V 的额头正中央。

V 到底是身经百战的雇佣兵头领。

她只是愣了一秒，很快又恢复常态，不紧不慢地反问："宝贝儿，这是要造反吗？"

苏远声却不吃她这一套，语气森冷得令人发指："其实你应该觉得荣幸。除了'拿人钱财、替人消灾'以外，我这辈子就只杀过你一个人。"

不等 V 开口，他又继续道："但是 V，你算计我兄弟，伤我女人，你该死！"

"你以为，这周围没有我的人吗？"

"我不在乎。"

直到这时，V 才真的慌了。

她突然意识到，眼前这个男人已经彻头彻尾地疯了——从他走进这栋荒楼的一刻开始，他就根本没打算活着出去！哪怕是豁出自己这条命，他也必须置她于死地！

下一秒，苏远声伸手捂住韦清的眼睛，再不犹豫，干脆利落地扣动了扳机。

"砰——砰——砰——"

三声枪响骤然划破长空，撕裂了一场持续数年的噩梦。

V 倒在冰冷的地面，彻底没了呼吸。

苏远声垂眸望着满地的鲜血，终于再度开口。他的声音低沉而沙哑，字字句句，都像是泣血的悲歌。

他说："第一枪，是为我哥；第二枪，是为我爱的人；最后一枪，是为了我自己……"

只有你死，他们才能真正自由。

所以，再见了，V。

5

刺耳的枪响，唤醒了韦清逐渐模糊的意识。

她缓缓睁开眼睛，看见他掌心的纹路，感受到独属于他的温度。

"远声，我……"她气若游丝，却从未如此坚定，"我爱你……"

"我爱你。"他紧紧抱住她，"清儿，答应我，以后好好地活下去……"

这世上再没有哪一句甜言蜜语，能抵得住铺天盖地的枪声。刹那之间，数不尽的子弹穿透残破的玻璃，直奔苏远声而来！

其实他早就知道，V死了，她的狙击手绝对不会放过他。

如今，他唯一能做的事，就是拼命把韦清护在怀里。他只能用血肉之躯，替她挡下所有的枪林弹雨……

子弹击中膝盖，苏远声猛地半跪下去，发出一声悲戚的低吼，像极了穷途末路的兽。

韦清被他扑倒在染血的地面，一瞬间，胸腔里仿佛有什么东西轰然炸裂，撕心裂肺地疼。她不能思考，只能凭着直觉，一遍一遍唤他的名字。

"远声！远声……"颤抖的字句，几乎用尽了她这辈子全部的心力。

有风穿过残破的玻璃，夹着血腥的气息，从她和他之间吹过。韦清浑身冰凉，却分明觉察到胸口灼热。

她知道，那是远声的鲜血，是他的命。

脸色苍白如纸，鲜血顺着额角缓缓滴落，生命的力量正在步步抽离。可即便这样，他还是用尽全力，在对她微笑。

他声音轻轻，却温柔。

"好姑娘，不哭了……"

而这就是苏远声留给她的，最后一句话。

呼啸风声里，韦清渐渐听不到任何声音。

她听不到爱人的心跳，听不到漫长岁月里的种种悲欢，也听不到草长莺飞、落日长河，以及所有与生命有关的爱与希冀……

远声不再，人生忽如寄。

虽万劫不复，吾往矣。

你眸光似星海

尾声

岚城的冬天,时有凛冽的风雪,时有明朗宜人的阳光。

冬至那天恰巧赶上雪过天晴,树木的枝丫上挂着皑皑白雪,衬得天空格外湛蓝。

出门之前,韦清翻箱倒柜地折腾了好一阵子,直到把自己捂得像个北极熊,这才觉得稍微暖和一些。

她从地下车库把车开出来,停在自家门口,然后又返身回到屋里,扶着某个腿脚不好的活祖宗,慢慢吞吞地出了家门。

车辆疾驰而出,载着他们往西山墓地驶去。

韦清一边握着方向盘,一边偷眼瞄了一下坐在副驾驶位的男人。

不管过了多少年,他总是和初见时一样英俊,有笔直的眉、温柔的眼,有形状美好的嘴唇,还有明媚的笑容……

韦清怎么瞧他怎么喜欢,仿佛一辈子都看不够似的。

不过就有一点不太好,这家伙也不知是怎么回事,最近变得越来越懒了。

她想了想，觉得自己应该适当地表达一下内心的不满。

"远声啊，"她温柔地唤他的名字，"你刚才出门的时候没看见吗？咱家门口的雪都积了快一尺厚了。"

"嗯？"他正低头玩手机，心不在焉地应了一句，"好像是吧。"

"那你打算什么时候扫雪啊？"

苏远声这才从游戏里缓过神来，扭头看了她一眼，故意插科打诨："我站都站不稳，你还叫我扫雪？清儿，你以前可没这么狠心啊……"

韦清撇撇嘴巴，又没话说了。

她早就猜到会是这个结果！每次只要一说让他做家务，他立刻就把"站都站不稳"这个万能的借口搬出来，噎得她直打饱嗝。

可他说的也是事实。

那天在荒楼里，苏远声为了护她周全，不惜以血肉之躯替她挡下枪林弹雨。

子弹接踵而至，穿破苍凉的窗，重重撞击在他的背上。他伤痕累累，早已无力躲闪，只能紧紧抱住她，免她惊、免她苦。

即便是昏迷前的最后一刻，他也不曾怀疑——怀中的女人，就是他此生想要守护的，全部的信仰。

后来，苏远声因为失血过多，整个人都已陷入休克昏迷的状态。

他的呼吸越来越微弱,脉搏也越来越缓。

韦清以为他活不成了,整个人都似行走在崩溃的边缘!她近乎绝望地瘫坐在地上,抱着他越来越凉的身体,哭得几欲昏厥……

直到后来,苏远林和顾西离把他们两人送到医院,韦清这才知道,原来远声不会死。

事实上,苏远声对这一趟的凶险程度早有预估。他身上穿了防弹衣,虽然震碎了两根肋骨,但好歹是护住了内脏。

枪伤都在腿上,所以性命并无大碍。

可是医生说,接下来这大半年,苏远声恐怕都没办法正常走路了。至于以后究竟能恢复成什么样子,目前还是未知数。

苏远声出院之后,顾西离来家里做客。他当着苏远声的面,问过韦清这样一个问题:"如果他这辈子都要一瘸一拐的,你也认了,是吗?"

她一秒都没犹豫,豪气万千地回答说:"那当然啊!生离死别都扛过来了,一瘸一拐算什么事儿?"

的确,这就是韦清的肺腑之言。

她曾不止一次地想,只要两个人都平安活着就好。至于其他的,矛盾也好,摩擦也罢,都不是什么大不了的事情。

从颠沛流离的日子一路走来,韦清比寻常女人更懂得珍惜,也更感念命运的眷顾。

曾几何时,她的男人征战天下,是世间的恶鬼。但从那天往后,他逐渐归于安宁，就只是她一个人的佛陀。

佛陀既然不愿意扫雪，那么，只能她来扫了。

这么一想，韦清又不恼了。

"算了，不为难你了。"她笑着瞧了他一眼，扬眉说道，"不就是一亩三分地的积雪吗，放着我来！"

苏远声忍俊不禁，伸手捏了捏她的脸蛋，故意和她打趣："女侠，你说你这么生猛，以后我可怎么降得住你？"

"您是活祖宗，办法多得用都用不完，怎么还愁这个？"

"这倒也是，"苏远声嘴角上扬，笑得颇有深意，"不仅'办法'层出不穷，而且地点也经常翻新。"

"……"韦清愣了有一会儿，然后突然反应过来他在说什么，立刻羞红了脸，连声数落他，"太流氓了，苏远声，你太流氓了！"

可他说的又是事实。

从卧室，到沙发，紧接着是浴室，后来阵地又转移到厨房，最近他兴致昂扬，竟然还把她抱到了电视柜上……

苏二少爷的战斗力和创新能力，差不多全都招呼到她身上了。

韦清好一阵子没说话，仿佛沉浸在一个了不得的世界里。

眼看着车已经开过了墓地停车场，苏远声不得不咳嗽两声，打断她的思绪。

"愣什么神呢？都开过了，还不赶紧靠边停车。"说这话时，苏远声一直在打量她嫣红的脸蛋。他越琢磨越觉得好笑，语气里都不自觉地带着笑意。

韦清恼羞成怒，一个急刹车把他勒在安全带上，气哼哼地威胁："再笑，回去路上就让你开车！踩个离合器就能把你左腿累抽筋，不信你就试试！"

苏远声不说话了，憋着笑下了车。

母亲的墓碑坐落在西山山麓，离停车的地方有段距离。

韦清搀着苏远声，两人并肩往山上走。她担心他吃不消，每走几步，就停下来歇一会儿。可即便是这样，抵达目的地时，苏远声的额头上还是挂满了细密的汗珠。

韦清看着心疼，温声软语地问："走了这么远，累了吧？"一边说着，一边抽出纸巾给他擦汗。

"不累，"他笑看着她，顿了片刻，又说，"清儿，你怎么这么贤惠。"

韦清没说话，只是轻轻抱了他一下。

苏远声带她到墓碑前，轻声说："妈，我带着你儿媳妇来看你了。"

他久久凝视母亲的照片，看着那永远慈祥而宽容的微笑，不禁微微湿了眼眶。

"有一阵子没来，也不知道你在那边过得好不好？"他牵着韦清的手，靠着墓碑坐下来，"最近这段时间，家里发生了不少变化。"

韦清乖顺地依偎在他肩头，听他娓娓道来。

"老爷子的身体恢复得不错，最近已经可以站起来走路了。我和哥商量过，下礼拜就把他接回家里养着。上次去看他的时候，老爷子说想遛鸟，我就给他买了鸟笼。可我也知道，他那个身子骨，其实也遛不了几步。

"我哥最近很忙，整天在国外开会，听说是和顾西离一起在经营一家连锁的珠宝店。他的事业你倒是不用担心，顺风顺水着呢。但他自己总不着急找女朋友，我一想起来这事儿就替他犯愁。下次他来看你，你也劝劝他。

"前阵子我在外面闯了祸，被清儿绑在床上，好几个月都不让出门。不过现在我已经改过自新了，所以她不绑着我了，还好好照顾我，带我出来散心。"

韦清嘴上虽然没说什么，可她轻轻摇了一下苏远声的胳膊，以示抗议。

绑在床上？这是什么比喻？虽然她明白他说的是什么意思，可是，她很怕天堂那位老人家误会啊……

苏远声笑着看了她一眼，又继续对着墓碑说："妈，你还记不记得？我从小就总跟你念叨，说我认识一个特别好的姑娘，哪哪儿都好。"

韦清歪着脑袋，静静地望着他的侧脸，眸子里深情脉脉。

苏远声似乎感觉到她的目光，回头与她对视一眼，就再也移不开视线。

"我想娶她为妻，连做梦都想。"他温柔地凝望她的眉眼，每一个字都说得那么珍重，"你说，如果我当着你的面，向她求婚……她是不是就没办法拒绝我了？"

韦清傻傻地望着苏远声，过了好久，才明白他是什么意思。

一瞬间，回忆铺天盖地而来。

她仿佛又看到那年初相遇，他如人间四月天，拥有年少而迷人的眉眼。

她看到久别重逢时，他为了她，在深海中返身上浮，目光里满是牵挂，心中义无反顾。

她还看到，在那数不尽的硝烟战火里，他一次次挺身而出，拼了命地护她周全。她知道，在这个世界上，只有他甘愿拿自己的生命做筹码，换她一生安宁自由……

遇见这样的男人，她哪里还有拒绝的余地？

即便真的有，她又怎么舍得拒绝？

感动溢满心怀，韦清与他紧紧相拥，禁不住泪眼蒙。

有句话，她早已在心里对他说过千百遍："远声，我愿意嫁给你，生死不相离。"可此时此刻，她却什么都没说，只是颤抖着吻上他的嘴角。

记不得是哪年哪月哪天，花开得正好，她和他正年少。

"远声，我从书里学到一首诗。等哪天你跟我求婚，我念给你听。"

"什么诗？"

"钱江的那首《江湖》。"

"为什么呢？"

"因为里面有句话,很适合作为求婚的答案。"

"哪一句?"

"我们在晨风中亲吻,一吻到白发苍苍。"

—— 全文完 ——